— 書き下ろし長編官能小説 —

ひろわれたぼくの熟れ肉ハーレム

九坂久太郎

竹書房ラブロマン文庫

目次

この作品は、竹書房ラブロマン文庫のために
書き下ろされたものです。

第一章　忘我の初体験

1

十月のある日。一人の青年が、海に突き出した断崖《だんがい》に立っていた。
雨が降っていた。雷鳴が轟《とどろ》いている。
青年は崖から下を覗《のぞ》き込んだ。打ち寄せては砕け散る荒波。
そして天を切り裂く閃光《せんこう》が、青年を包み込んだ。

2

「う……ううっ……！」

胸を押し潰されそうな苦しさに、青年はハッと目覚める。閉じていた目を開くと、知らない女性が青年の胸の上に掌《てのひら》を重ね、全体重を乗せる勢いで、何度も何度も押し込んでいたのだ。心臓マッサージである。

青年が目覚めたことに気づくと、鬼気迫る表情だった彼女は相好を崩し、地面に尻餅をついた。長い長い溜め息を漏《も》らし、まるで空気が抜けていく風船のようにだらりと身体を崩す。

「ああ、良かった……もう助からないんじゃないかと思いました……」

よほど強くマッサージしたのか、青年の胸には鈍い痛みが残っていた。仰向《あおむ》けの顔にパラパラと落ちてくる雨粒。空は黒い雲で覆《おお》われ、ゴロゴロと雷の音が聞こえてくる。

いったいなにがあったのか、ここはどこなのか、青年には状況がまるでわからなかった。頭が朦朧《もうろう》として、思考がまとまらない。

ただ、その女性を見て、なんて綺麗《きれい》な人だろうと思った。

年齢はおそらく三十前後。背の高い、大人の女性だ。

ブランデーのような黄褐色《おうかっしょく》――いわゆる琥珀色《こはくいろ》の瞳に、亜麻色《あまいろ》の髪の毛。外国人だろうか？　いや、でも、とても流暢《りゅうちょう》な日本語をしゃべっていた。

青年が身体を起こすと、彼女は心配そうに尋ねてくる。

「大丈夫ですか？　どこか痛いところは？」

「いえ、特には……」

目の前には水平線が広がっていた。青年が倒れていたのは、海に突き出した崖の上だった。

彼女はこの近くの道路を車で走っていて、倒れている青年の姿にたまたま気づいたのだという。急いで駆けつけると、青年は息をしておらず、彼女は慌てて心臓マッサージをしてくれたのだそうだ。

「……そうだったんですか。ありがとうございます」

妙な倦怠感《けんたいかん》はあったが、怪我をしているような感じはない。

だが、問題はそこではなかった。

（えっと……僕は……あれ、僕の名前は……？）

青年は自分の名前がわからなかった。

どこに住んでいるのか、なんでこの場所に来たのか、まったく思い出せない。

どうやら青年は死にかけていたみたいだが、どうしてそうなったのかもわからなかった。

（まるで記憶喪失みたいじゃないか）

呼吸が止まった状態で倒れていたのだから、なにかただならぬことがあったのは間違いないだろう。それが原因で記憶喪失になってしまったのだろうか。

そのことを伝えると、「そ、それは大変！」と、彼女は車で近くの診療所まで連れていってくれた。

そこは田舎《いなか》町の小さな診療所で、ＭＲＩのような立派な機器はなかったが、所長の医師がひととおり身体の検査をしてくれた。

しかし、記憶喪失の原因になりそうな異常はやはり見つからない。頭部にも大した外傷はなく、倒れたときに頭を打ったというわけでもなさそうである。

ただ、身体以外には気になる点があった。青年の衣服のところどころが焼け焦《こ》げていたのだ。特にスマホが入っていたパーカーのポケットは、内側の生地の一部が溶けていたり、小さな穴が開くほど焼け焦げていた。

初老の男性医師は首を捻《ひね》り、「落雷を受けたのかもしれないね」と言った。

そんなまさかと青年は驚いたが、医師は丁寧に説明してくれる。雷に打たれたからといって、必ずしも大怪我をしたり、死んでしまうわけではないそうなのだ。即死する可能性は、意外にも十パーセント程度だという。

そのエネルギーは数千万から一億ボルトという凄まじいものだが、人体が落雷を受けたとしても、電流が流れるのは千分の一秒未満という、まさにほんの一瞬のこと。

そのため、雷そのものによる肉体の火傷《やけど》はさほど重くはないという。

とはいえ、まったくの無傷ですむわけではない。実際、青年はピリピリする痛みを身体のあちこちに感じていて、それは軽度の火傷なのだそうだ。もっとも、もし本当に青年が落雷を受けていたなら、その程度の怪我ですんだのは、奇跡といってもいいほどの極めて稀《まれ》なケースらしい。

しかし、雷のショックによる心臓の停止、呼吸の停止は免《まぬが》れなかった。

その状態になってしまったら、一刻も早く心肺蘇生を行わなければならない。それができなければそのまま死んでしまうのだが、青年は通りかかった彼女に運良く発見され、適切な処置を施《ほどこ》してもらえたというわけである。

ただ、大量の電気パルスによって脳神経になんらかの損傷が残り、そのせいで記憶障害が生じているのではと医師は言った。時間の経過で記憶が蘇《よみがえ》ることもあるらしいが、しかし、一生思い出せない可能性もあるという。

自分の素性がわかるものはないだろうかと、青年は持ち物を調べてみた。真っ先にスマホを確かめてみるが、電源ボタンを押しても画面は真っ黒のまま。

医師も同じメーカーのスマホを使っていて、モバイルバッテリーを貸してくれる。

しかし、コードを差しても電源は入らなかった。どうやらバッテリー切れではなく、スマホ自体が故障していると思われる。やはり雷に打たれたからだろうか。

(スマホが駄目となると……あとは財布だけか)

青年は鞄《かばん》の類いを所持しておらず、尻ポケットに入っていた財布には一万円札が一枚と千円札が四枚、あとは少々の小銭があるのみだった。ちなみに小銭入れ部分の内側はやはり焦げたり溶けたりしていたし、ファスナーの嚙み合わせが歪《ゆが》んでいてとても開けづらかった。

スマホは壊れていて、財布の中にも自分の素性がわかるようなものは一つもない。なんの手がかりも得られなかったことに青年は落胆した。

と、医師の隣に控えていた看護師の女性が、青年の顔をじっと覗き込んでくる。

「見たところ、年齢は二十歳前後って感じですよね。財布に学生証が入っていないってことは、学生さんじゃないってことでしょうか？」

すると医師は、そうとは限らないよと首を振った。「紛失《ふんしつ》を恐れて、通学時以外は学生証を持ち歩かない人もいるし、最近では、スマホの画面に学生証を表示するアプリもあるらしいからね」

やはりスマホが壊れているのが、なんとも痛かった。個人情報の塊であるスマホがちゃんと使えれば、青年がどこの誰だかすぐにもわかったろうに。

「先生……僕、どうしたらいいんでしょう？」

青年はすがるように尋ねたが、医師も困り顔で首を捻る。

「うーん……まあ、一晩ゆっくりしていきなさい。明日目が覚めたら、なにもかも思い出しているかもしれないよ、うん」

記憶障害が生じるほどのダメージを脳に受けたのだ。この後、さらなる症状が現れる可能性もある。様子を見るために、青年は一晩入院することとなった。どのみち帰る家もわからないので、青年はこの診療所に頼るしかなかった。


診察室を出ると、青年をここまで連れてきてくれたあの女性が、待合室で待ってくれていた。青年は検査を受けたときの患者衣姿のままで、少々恥ずかしさを感じながらも、命の恩人である彼女に心から感謝を伝える。

名前を尋ねると、彼女は月島亜美《つきしまあみ》と名乗った。

「えっと……お父さんかお母さんが海外の方……？」

「はい。父がアメリカ人で、母は日本人です」

なるほど、ハーフかと、青年は納得した。彼女は日本生まれの日本育ちだそうで、日本語が上手なのも当然だった。

琥珀色の瞳に、腰まで届く亜麻色のロングヘア。顔立ちも一見すると欧米人っぽいが、鼻筋などはすっきりしていて日本人らしさがある。

アメリカ人の父親からの遺伝か、亜美は女性にしてはかなりの長身だった。百八十センチ近くあるのではないだろうか。青年よりも十センチは高い。

ただ、それだけ背が高くても、威圧感のようなものはまったく感じなかった。

彼女の癖なのか、顔は自信なさげにうつむきがちで、そのうえずっと背中を丸めている。診療所に着くまでの車の中でもそんな感じで、まるで気の弱い大型犬のような雰囲気だった。

亜美が瞳を泳がせながら、ぼそぼそと尋ねてくる。

「あなたの名前は……やっぱり、全然思い出せないんですか？」

「え……ええ、そうなんです」

どれだけ頭を捻っても、まったく思い出せないのだ。しかし名前がないというのは、自分だけでなく周りの人も困る。先ほどの診察室で、医師はカルテにいろいろと記入しながら、「とりあえず仮の名前を考えてください」と言った。

だが、考えろと言われても、今の自分にはどんな名前もピンとこない。たとえば、武《たけし》？　賢治《けんじ》？　智《さとし》？　どんな名前を考えても、それが自分の名前とは思えなかった。まったくしっくりこない。

「あの……僕ってどんな名前が似合うと思います？」

亜美は「え？」と目をぱちくりさせる。

「仮の名前が必要なんですけど、自分で考えても駄目なんです。なにかいい名前はないでしょうか？」

「わ、私が考えるんですか？　そんな、急に言われても……」

「命の恩人であるあなたにつけてもらった名前なら、どんなものでも受け入れられると思うんです。どうかお願いします」

青年が深々と頭を下げると、亜美も無下《むげ》に断ることはできなくなったようで、躊躇《ためら》いながらも承知してくれる。

彼女はソファーに腰を下ろし、眉間に皺《しわ》を寄せた難しい顔でしばらく黙り込んだ。

やがて、恐る恐るという感じにこう言った。

「あの……　〝黒助《くろすけ》〟なんて……だ、駄目ですよね？」

黒助――青年は頭の中でその名前を繰り返してみる。彼女が考えてくれたからか、不思議と嫌な感じはしない。

ただ、かなり変わった名前だなとは思った。

「えっと……なんで黒助なんですか？」

亜美は顔をうつむかせ、ますます背中を丸めてしまう。

蚊の鳴くような声でボソボソと答えた。

「私が昔飼っていた猫の名前なんです。あなたの雰囲気が、その猫にちょっと似ているような気がして……。ご、ごめんなさい、嫌ですよね、猫の名前なんて」

「いいえ、別に気にしませんよ」と、青年は笑いながら手を振る。

「月島さんは、その猫を可愛がっていたんですよね？　その名前を僕につけてくれたのなら、ちょっと嬉しいくらいです」

「そ、そうですか……？　嫌じゃないなら、いいんですけど……」

亜美は恥ずかしそうにうつむき、ますます背中を丸める。胸の前で両手を握り合わせ、モジモジと身体を揺らした。

そんな反応をされると、青年もなんだか照れくさくなる。それに、長身の美女がまるでシャイな少女のようにはにかんでいる姿は、妙に男心をくすぐった。

(とっても綺麗で、可愛い人だ)

青年は――黒助は、すっかり彼女に心を奪われていた。

3

亜美が帰った後、黒助は病室へ案内される。

小さな二人部屋だが、他に入院している者はいない。この診療所では、なにか特別な事情がない限り、患者が入院するようなことはないという。入院が必要な、重い病気や怪我の患者は、ここよりもっと大きな病院に任せているからだ。

たとえば一人暮らしの高齢者が熱を出したときなどは、二、三日、この診療所に入院してもらって看護するという。ただ、そういうことは日常的にあることではない。そのためこの病室は、だいたいは空室なのだそうだ。

病室は、一言でいえば質素だった。綺麗に掃除されているが、入院生活に最低限必要なものしか置かれていない。調度品といえば、部屋の両端に設置された二つのベッドに、ちょっとした私物をしまえる程度のキャビネットのようなサイドテーブルがそれぞれあるだけ。

テレビはない。エアコンは設置されているものの、残暑も終わって過ごしやすくなった今の季節にはあまり関係なかった。

（まあ、ホテルじゃないんだし、病室なんてこんなものか）

部屋に入ったすぐのところには、こぢんまりとした洗面台がある。

鏡を見ると、知らない男の顔が映った。毎日見てきた自分の顔だろうに、違和感しかない。目を真ん丸にしたり、舌をベロッと出したりすると、鏡の中の男も同じように真似をしてきて、なんだか気味が悪かった。


夕食は六時から。味の薄い病院食ではなく、看護師の糸井優花《いといゆか》が近所の弁当屋で買ってきてくれたチキン南蛮弁当だった。

優花は弁当を買うついでに、コンビニに寄って、漫画雑誌を数冊買ってきてくれた。暇潰しのためだけでなく、読んだ漫画の内容をきっかけにして、黒助がなにかを思い出すかもしれないからだという。

彼女が買ってきたのは少年漫画誌だけでなく、青年漫画誌や四コマ漫画専門誌もあった。弁当を食べてから、黒助はベッドに潜ると、寝っ転がってそれらを読んでみる。

だが、どれも知らない漫画だった。なにも思い出せない。

ただ、暇潰しとしては充分に役立ってくれた。青年誌を読んでいると、中学一年生の少年が十歳年上の家庭教師に恋をする漫画があって、黒助は胸を熱くする。

濃厚なキスシーンからの、

『先生の胸、触りたい……』

『ダメ……ああ……さ、触るだけよ』

青年漫画らしいセンシティブなシーンに、ドキドキしながらページをめくった。

ただ単にエロいシーンだから興奮しているのではない。十歳も年の離れた女性が性を教えてくれる——その展開が、黒助の心に妙に突き刺さるのだった。ムズムズと股間が疼《うず》きだす。

（僕って年上好きなのかも）

そのとき、看護師の優花が病室に様子を見に来た。

「どう、黒助くん、くつろいでる？　今夜はちゃんと眠れそう？」

名前を呼べないと不便なので、彼女も黒助と呼んでくる。

いつもは定時で帰る優花も、今日は黒助のために診療所に泊まるのだそうだ。ちなみに所長の家は、この診療所のすぐ隣で、もし黒助の容態が急変するようなことがあれば、電話一本ですぐに来てくれるという。

黒助は慌てて濡れ場のページを閉じた。「は、はい、おかげさまで」

「そう。良かった」と、優花はにっこり微笑《ほほえ》む。明るくて面倒見のいいお姉さんという雰囲気の彼女は、笑うととても魅力的だった。

「私はすぐ隣の部屋にいるから、なにか困ったり、してほしいことがあったら、遠慮なく言ってね」

見たところ二十代半ばと思われる優花は、たった今読んでいた漫画のヒロインとちょうど同じくらいの年齢だろうか。黒助の脳裏に、例のラブシーンが思い出されると、優花の言葉が妙に艶《なま》めかしく思えてくる。

看護師ということも、男の欲情をくすぐる材料となった。

（この人にしてほしいことっていったら……）

薄いピンク色の制服。その胸元に、つい淫《みだ》らな視線を向けてしまう。

先の漫画のヒロインほど大きな膨《ふく》らみではないが、若牡《わかおす》が妄想を膨らませるには充分な丸みを帯びていた。黒助は密かに昂《たか》ぶっていく。

と、不意に痛みが走った。思わず声を上げてしまう。

「うっ……いたたた……」

「え？　どうしたの？」

「あ、いや、その……い、いてて、ううっ」

「やだ、もしかして雷の後遺症かしら。どこが痛いの？　頭？　お腹？」

看護師の顔になって、優花は問い詰めてきた。

黒助はやむを得ず正直に答える。急に痛みだしたのは——

「あの、ア……アソコです……」

「アソコ？　え、それって……」

優花は怪訝《けげん》そうに尋ねてきた。

「もしかして、オチ×チンのこと……？」

若い女性の口からその言葉が出てきたことに、黒助は恥ずかしくなる。顔を熱くして、「はい……」と小さく頷《うなず》いた。

一瞬目を丸くする優花だが、やはりそこは看護師である。至って真面目に、

「じゃあ、見せてくれる？」と促《うなが》してきた。

黒助も、看護師が相手なのだから仕方がないと観念し、布団をめくる。

すると、ズボンのない甚平《じんべい》のような患者衣の股間が、もっこりと膨らんでいた。

黒助自身、己の股間の有様《ありさま》に驚く。ズキズキとした痛みのせいでわからなかったが、明らかに勃起《ぼっき》していた。優花は眉をピクリとさせる。

「ほんとに痛いのよね……？」

「は、はい」

亜美の目がちょっとだけ険しくなったが、黒助がふざけているわけではないとわかってくれたようで、彼女は患者衣の腰の紐をほどき、前身頃を開く。

促されるまま黒助が軽く腰を持ち上げると、優花は慣れた手つきでボクサーパンツをずり下ろした。途端《とたん》に中のものが飛び出す。

それはバネ仕掛けのように跳ねて、先端が勢いよく下腹を打った。

「うわ、おっきいっ」

看護師の仕事を忘れたみたいに、優花は驚きの声を上げる。

黒助も唖然《あぜん》とした。充血してパンパンに膨らんだそれは、自分でも信じられないほどの剛直だったからだ。

「ちょ、ちょっと待ってて」と、優花は病室を飛び出す。

戻ってきた彼女は、その手に物差しを持っていた。優にへそまで届いている肉棒の長さを測り、また目を丸くする。

「うわぁ、ほぼ十八センチだよ。凄いね！」

看護師である以上、患者の陰茎を見るのは初めてではないだろうが、その彼女が、ちょっと興奮したみたいに瞳を輝かせていた。

（これが、僕のチ×ポ……？）

鏡に映った自分の顔以上に、強い違和感を覚える。

ボコボコと血管を浮かべた野太い幹は、まるで鍛え抜かれた筋肉で出来ているかのような力感をみなぎらせていた。パンパンに肥大した亀頭はまさに肉の拳。いかにも引っ掛かりが良さそうな雁《かり》の段差には、人を傷つけるための鈍器の如き不穏さすら感じられた。

黒助には、これが己のイチモツとはとても思えない。かつての自分は、こんな凶暴そうな巨根を毎夜シコシコとしごいていたのだろうか。

呆気《あっけ》に取られていると、優花と目が合った。ボブヘアをさらりと揺らし、ぱっちりとした大きな瞳で、彼女は黒助の顔を覗き込んでくる。「ところで……ねえ、なんでオチ×チンがこんなになっちゃったのかな？」

「え……そ、それはその……」

「黒助くん、私の胸、見てたよね？」

ああ、バレていたのか。

黒助は言い訳を考えるが、結局は諦めて、おずおずと謝る。

「ご、ごめんなさい。買ってきてもらった雑誌にエッチな漫画が載ってたんです。それでムラムラしちゃってつい……」

「あら、私のせいってこと？」優花は腰に手を当て、険しい眼差しになる。が、すぐにクスッと笑った。

「まあいいわ。男の子なら自然なことよね。じゃあ、オチ×チンが大きくなって、そのせいで痛くなったの？」

「はい……多分、そうだと思います」

「オチ×チンのどこが痛い？　たとえば尿道が痛いとか」

「えっと……尿道というより、全体的に」

「全体的かぁ、なるほど」優花はふんふんと頷き、さらに問診を続ける。「どんな感じの痛み？　痛痒い？」

「いえ、痒さはないです。ズキズキして、家具の角に足の指をぶつけたときみたいな感じです」

「打ち身のような痛さってこと？　ふうん……膿《うみ》は出てない。水膨《みずぶく》れもなし。粘膜にも異常はなさそうね。黒助くん、オシッコはした？　そのときは痛かった？」

黒助は「いいえ」と首を振る。この診療所に連れてこられてから一度トイレに行ったが、そのときは全然痛くなかった。

「そうなんだ……」と、優花は首を傾《かし》げる。「ごめんなさい、ちょっと触るね」

優花はペニスを、人差し指と親指で軽くつまむようにした。先端から付け根へ、つまむ場所をスライドさせていく。

「えっ、ちょっと……う、ううっ」

触診なのは理解できる。しかし女性の指でそんなふうに優しくつままれたら、ペニスは快美感を禁じ得なかった。

「ううん……黒助くんのオチ×チン、上向きに反《そ》っているでしょ？　ペロニー病って病気になると、オチ×チンが大きくなったときに痛くなるし、この棒の部分が湾曲するらしいのよ」

それは確かに、今の黒助のペニスの状況に近い。ただペロニー病は、海綿体を包む膜にしこりが出来るのだとか。優花の指が、そのしこりを探す。

が、それらしいものは見つからないようだ。

「ペロニー病じゃないのかな……。どう？　触られたらもっと痛くなる？」

「いえ……む、むしろ、その……気持ちいいです」

「えっ……や、やだ、ごめんなさい」

優花は顔を赤くして、肉棒から指を離した。気まずさを誤魔化すように微笑み、

「うちの先生、泌尿器科は専門外だから、はっきりとしたことはわからないだろうけ

ど……どうする？　明日、一応診《み》てもらう？」

初老の男性医師に陰茎を見られても恥ずかしくはないが、やはりいい気分ではない。できれば遠慮したいと黒助は思う。

「やっぱり、なにかの病気なんでしょうか……？」

「そうねぇ……。看護師がいい加減なこと言っちゃいけないと思うけど、私は多分、違うと思うなぁ」

優花は剛直に顔を近づけ、間近からまじまじと観察した。

「病気じゃなかったら……な、なんですか？」

己の性欲のシンボルを異性に凝視され、黒助の胸はさらに荒ぶる。

牡肉の恥臭も嗅がれてしまったに違いない。だが、優花は厭《いと》うことなく、むしろ亀頭にくっつきそうなくらい鼻先を寄せ、小鼻をピクピクと動かし——そっと妖しい笑みを浮かべた。

彼女は掌を亀頭に被《かぶ》せ、軽やかに握ってくる。

「わわっ!?　あ、ううっ」

「うん、凄く硬くて、それにとっても力強く脈打ってる。多分これは……オチ×チンが勃起しすぎて痛いだけなんじゃないのかな？」

優花の掌が、痛いの痛いの飛んでいけとばかりに亀頭を撫で回した。

それだけでも腰が飛び跳ねそうになる黒助だったが、続けて彼女は、親指と人差し指を輪っかのようにして、雁のくびれに巻きつけ、緩《ゆる》やかにしごきだしたのである。

「あ、あっ……ちょっ、糸井さん、それ、くううっ」

「射精して勃起が鎮《しず》まれば、痛いのも治《おさ》まるかもしれないわよ」

お姉さんに任せなさいと、優花は得意げに笑った。彼女はハンドマッサージを少しずつ強くしていく。右手の指の輪っかで雁首を擦《こす》りながら、左手で幹を包み、キュッキュッと握ってきた。

たちまち鈴口から透明な汁が溢《あふ》れてくるが、優花はそれを指で拭《ぬぐ》い、雁首に塗《ぬ》りつけると、また指の輪っかでしごく。チュクチュクと可愛らしくも淫らな水音が鳴って、摩擦《まさつ》の悦《えつ》はますます甘美なものとなった。

「どう？　うふふ、気持ちいい？」

「は、はい……あぁ、ううぅ……も、もう、出ちゃいそうです」

ペニスの芯が熱くなり、限界が近いことを告げるように下腹部の奥が痺れだす。

すると彼女は身を乗り出し、可憐な唇を精一杯に広げて――なんと張り詰めた亀頭をぱくりと咥《くわ》えたのだった。

（フェラチオだ……！）

熱く湿った口内に、巨根の先が呑み込まれていた。唾液《だえき》に濡れた舌粘膜がねっとりと絡《から》みついてくる。

優花は唇の裏側で雁首を締めつけると、リズミカルに首を揺らし始めた。

「あ、あ、おおぉ……き、気持ちいぃ……クウッ……！」

記憶を失う前の黒助にフェラチオ経験があったかどうかはわからない。しかし今の黒助にとっては間違いなく初体験であり、その快美感と感動に我を忘れそうになる。

ヌメヌメした舌肉が亀頭を舐《な》め擦ってくる感触。

柔らかな唇を固く締めつけ、雁のくびれを小刻みにしごいてくる、その摩擦感。

さっきまでの手コキも気持ち良かったが、それ以上の肉悦がペニスを包み込んでいた。また、患者にとって天使のような存在である看護師が、汚れた牡肉を頬張《ほおば》っている姿は、清らかな看護精神の体現のようでありつつ、はしたない牝《めす》の行為のようにも見え、激しく官能を掻《か》き乱《みだ》される。

「だ、駄目です……ああ、あぁぁ、出る、ウウーッ!!」

ビクンと腰を跳ね上げ、黒助は勢いよく精を放出した。

「う、うう……んぐ、んんっ」

何度も噴き出すザーメンを、優花は微《かす》かに眉根を寄せながら、ごくっ、ごくっと飲み込んでいく。幹を握る左手にはこれまで以上の力が込められ、まるで牛の乳を搾るかのよう。脈打つ肉棒は、最後の一滴《いってき》まで牡のミルクを吐き出させられた。

射精の発作が鎮まると、ぬめりをしごき取るようにしながら、優花はペニスを口から抜く。そして、ふうっと吐息を漏らした。

「いっぱい出たね。ふふふっ」

牡の性臭が病室に漂《ただよ》う。優花はティッシュで、肉棒に残ったぬめりを綺麗に拭《ふ》き取ってくれた。黒助は彼女に身を委《ゆだ》ね、射精後の倦怠感に包まれながら荒い呼吸を繰り返す。

しかし一方で、ペニスは未だ硬く張り詰めていた。

「ううん、凄いね。あんなに出したのに、全然小さくならないじゃない」

唾液とザーメンの汚れをすっかり拭き取ると、優花は再び鼻先を寄せて、クンクンと肉棒の匂いを嗅いできた。

「黒助くんのオチ×チン、なんだか不思議な匂いがするのよね」

「匂い、ですか？」

「うん……あ、いや、ちょっと違うかな」優花は首を傾《かし》げる。「匂いは……普通かもしれない。でも、こうして嗅いでいると、お酒でも飲んだみたいに頭がふわふわしてきちゃうの」

そう言われても、黒助にはよくわからなかった。

あるいは女だけに感じられる、フェロモンのようなものなのかもしれない。

うっとりと瞳を蕩《とろ》けさせた優花が、媚《こ》びるよう猫撫で声で囁いてくる。

「ねえ、オチ×チンも全然小さくならないし、今度は……お口でするよりもっと気持ちいいことしてみる？」

「もっとって……」

「うふふっ……もちろん、セックスよ」

そう言うと、優花は早速、淡いピンク色の制服を脱ぎ始めた。

4

セックスと聞いただけで、黒助は無性に期待が膨らんだ。もちろんセックスがなんなのかは覚えているが、仮にそれすら忘れてしまっていても、肌を露《あら》わにしていく女の姿を目にすれば、牡の本能は肉の交わりを求めて昂ぶったことだろう。

（本当にさせてくれるのか……？）

やや小柄な優花は、身体の肉づきも控えめだった。しかし腰周りのラインは充分に艶めかしく、丸みを帯びたヒップはひっくり返した桃のようである。

優花は制服とインナーのキャミソールを脱ぎ、続けてブラジャーも外した。ホックを外すときの、背中に両手を回して胸を反らす仕草がなんとも色っぽい。

現れた女の膨らみはCカップくらいだろうか。やはり巨乳ではなかったが、とても美しい曲線を描いていた。

そして、双丘の頂点に息づく突起は可愛らしい薄桃色――。

「やだぁ、そんなに見られたら恥ずかしいよ」

そう言いながらも、優花はそれを隠そうとはしなかった。男の瞳を虜にしていることが嬉しいのか、照れ笑いを浮かべながらパンティも脱いでいく。

股間を彩るヘアは控えめだった。まばらに茂っているおかげで、ぷっくりと丸みを帯びた恥丘が透けて見えた。

女の秘部を露わにして、優花はベッドに上がってくる。靴下だけ履《は》いたままなのが、なんとも扇情的である。

「黒助くん、セックスの経験は……あ、そうか、記憶喪失だからわからないよね。でも……どう？　なにか思い出せる？」

黒助は首を横に振った。

「そっかぁ。なら、未経験と一緒ね。いいわ、私がリードしてあげる」

仰臥《ぎょうが》の黒助の腰をまたぐ優花。膝を曲げ、蹲踞《そんきょ》の姿勢になっていく彼女の股間の奥が、一瞬、チラリと見えた。ペニスへの淫らな介護や飲精で興奮したのか、割れ目の内側はすでに潤《うるお》っているようだった。

彼女の手が、下腹に張りついていた肉棒を握り起こす。亀頭の先が、濡れ肉の感触に包まれた。黒助は目を皿のようにして、結合の瞬間を見逃すまいとする。

肉穴の窪《くぼ》みに亀頭がグッと押しつけられた。さらにググッと圧力がかかった。

だが、なかなか挿入が始まらない。

大きく張り出した雁エラが、膣口の縁《ふち》に引っ掛かっていた。優花の顔はみるみる赤らみ、強張《こわば》っていく。その姿は蹲踞の体勢をしていることもあって、和式のトイレで息んでいる人のようにも見えた。

「ううぅ、やっぱり大きすぎ……くぅ、ううう……待ってて、今、入れるから……あ、あ、広がるうぅ……！」

プルプルと膝を震わせながら、優花は深く息を吸い込む。

そして次の瞬間、一気に腰を落としてきた。

「ふぅん！　あ、あうぅ、入った……ひ、ひぃぃいっ」

ついに亀頭が肉門をくぐり、雁首が見えなくなるまでズブブッと進入する。優花は悲鳴を上げて仰《の》け反《ぞ》り、その身を戦慄《わなな》かせた。

「い、糸井さん、大丈夫ですか……？」

「うぐぐ……だ、大丈夫よ、まだまだ、こんなの……オチ×チンの先っちょが入っただけなんだから……」

どうやらこの巨根は女にとってかなりの凶器であるらしく、優花は苦悶の表情を浮かべ、浅い呼吸を繰り返していた。

が、それでもなお挿入を続け、さらなる深みへ肉杭を潜り込ませ、彼女は自らを串刺しにしていく。黒助はまばたきも忘れてその様子に見入っていたが、同時にペニスの先端からじわじわと侵食してくる膣肉の感触にも感動していた。

（とっても熱くて、ヌルヌルしていて、凄く締めつけてくる……！）

早くも黒助は、ザーメン混じりの先走り汁をちびってしまう。

やがてペニスが膣路の行き止まりまで到達すると、

「あ、あぁぁ、はあ……ごめんね、黒助くんのオチ×チンにアソコが慣れるまで、少しだけ待ってね」

優花は腰を止め、心と身体を落ち着かせるように深呼吸をする。巨砲の三分の二ほどが、彼女の中に呑み込まれている状態だった。

優花は黒助の左右の手を取り、己の乳房に導く。

「ふふっ、はい、オッパイ」

彼女の方から勧めてくれたのだから、黒助は躊躇うことなく鷲づかみにし、そっと揉《も》み込《こ》んでいった。推定Cカップの美乳は、その感触も素晴らしく、触り心地は実になめらか。揉むたびに心地良い弾力《だんりょく》が掌を跳ね返してきた。

乳肉の感触を堪能《たんのう》した黒助は、次に薄桃色の突起をいじる。指先で上下に軽く転がすと、「あうぅん」と、優花は悩ましげに身をよじった。

するとペニスの挿入はさらに深くなり、肉の穂先が膣底に食い込む。

「あ、や、うぅんっ……お、奥がグリグリしちゃうぅぅ」

苦悶の呻《うめ》きを漏らす優花だったが、しかし黒助が乳首から指を離しても、なぜかいつまでも腰をくねらせ続けた。

眉をひそめてはいるものの、その口元には艶めかしい笑みを浮かべている。どうやら膣奥の肉と亀頭が、擂鉢《すりばち》と擂粉木《すりこぎ》のように擦れ合うことで、優花は快感を得ているようである。

「んんっ……お、おうぅ……ジンジンしてきた……あ、あはぁ」

黒助の胸元に両手をついた彼女は、さらに大きく腰をグラインドさせていった。そこから流れるように上下の動きへ、騎乗位での逆ピストン運動へと移行する。

女壺の中はなかなかに潤っていた。しかし黒助の並外れた巨根により、膣肉との摩擦はなんとも強烈で、緩やかすぎるストロークの抽送《ちゆうそう》が始まった。

「凄い、キツキツ……ああん、ごめんね、黒助くん……もっと速く動いてあげたいんだけど……」

もどかしげに眉根を寄せる優花。

しかし、黒助は充分な愉悦を得ていた。沸かしたての風呂のように熱い膣肉が、プリプリとした弾力で肉棒を締めつけてくるし、女蜜を含《ふく》んだ膣襞《ちつひだ》の感触も、スローな抽送のおかげで、むしろはっきりと感じ取れた。

(裏筋が……ああ、ヌルヌルした凹凸と擦れて……)

ずっとこの程度のピストンでも、いずれは射精に至れそうな予感がする。

だが、優花は徐々に逆ピストン運動を加速させていった。極太のイチモツに拡張された膣穴がほぐれてきたのか、抽送は最初の頃よりもずっとなめらかになった。

肉路を潤す愛液も増し、ヌチュッ、ヌチュッと、淫靡《いんび》な音が漏れてくる。

「おううっ……す、凄いです、これがセックス……！」

手コキを超えるフェラチオ。そのフェラチオを優に超える肉交の悦。

黒助は彼女の乳房に愛撫を施す余裕も失って、高まる射精感に身悶えた。

「そうよぉ、これがセックス。黒助くんったら、とっても気持ち良さそうな顔ね。うふふっ、私も……あぁぁん、いぃぃ」

優花は腰を躍動させ、さらに逆ピストンを励ましていく。瞬《また》く間に追い詰められた黒助は、声を絞り出して彼女に訴えた。

「い、糸井さんっ……チ×ポが、気持ち良すぎて、で、出ちゃいます……！」

「えっ……ほ、ほんとに？」

優花はびっくりしたように嵌《は》め腰《ごし》を止める。

本格的な抽送が始まったのは、ほんの一、二分前のこと。しかも先ほど口淫で抜いたばかりなのにと、彼女は少なからず困惑しているようだった。

黒助は我が息子の不甲斐《ふがい》なさを恥入り、小さく頷くのが精一杯だった。気まずさから、彼女と目を合わせられなくなる。

と、不意に抽送が再開された。

限界間近だったペニスが、またしても蜜肉との摩擦快感に包まれ、黒助は切羽詰まった声を上げる。「ああっ……ほんとにもう、ごめんなさい、我慢できませんっ」

だが、優花はもう嵌め腰を止めなかった。

「ふふっ……いいよ、元々黒助くんのオチ×チンを小さくするために始めたことだもの。遠慮しないで……あ、あぅん、好きなときにイッちゃって……！」

茶目っぽくも優しい天使の笑みを浮かべ、優花は腰を躍らせた。ますます女蜜を溢れさせた肉壺で若勃起を擦り立て、二発目のザーメンを搾り取らんとする。

「あああ、ありがとうございますっ……う、ううーっ!!」

許しを得たことにより、肉体は一瞬にして解放の悦びに包まれた。黒助は女体の最深部に向かって遠慮なく精を放つ。

同じ射精でも、その絶頂感と満足感は、明らかにフェラチオのとき以上。頭の中を真っ白にして、一番搾《しぼ》りに劣らぬ勢いと量をほとばしらせる。

「あうっ、ああん、オチ×チンがビクビク跳ねて……いっぱい出てるぅ」

種汁を注《そそ》ぎ込まれること自体が悦びなのか、優花は抽送を止め、細波《さざなみ》の如く腰を震わせた。

やがて射精の発作が治まると、二人で揃って太い息を吐く。

この世にこれほど気持ちのいいことがあるのかと、黒助は心から思った。一生の思い出になるような、素晴らしい〝初体験〟だった。

だが——ペニスは少しも萎《な》えていない。まだまだ、こんなものでは満足できないといわんばかりに。

「ああ、凄い……凄いね、黒助くんのオチ×チン。ねえ、このまま続けてもいい？」

まるでおねだりをするように、膣口がキュッキュッと肉棒を締めつけてくる。

「ううぅ……は、はい」

尿道内の残滓《ざんし》をちびりながら黒助が頷くと、優花は嬉しそうに逆ピストン運動を再開させた。

「はあぁ、最初はちょっと痛いくらいだったけど……ぶっといオチ×チンでアソコを押し広げられる感覚、癖になりそう……うふぅん、あっ、ああん」

小柄な女体は今やじっとりと汗ばみ、艶めかしく濡れ光っている。淫らなスクワットに優花は吐息を弾《はず》ませ、甘酸っぱい香りが病室内を満たしていった。

優花は二年前に彼氏と別れ、それ以来、ご無沙汰だったという。

「久しぶりのセックスだから、よけいにたまらない……！　やっぱり私、オナニーなんかじゃ全然駄目なの。ああん、うふぅ、黒助くんのオチ×チン、ほんとに凄いっ」

激しさを増す逆ピストンによって、肉楔《にくくさび》はさらに深く女体に食い込み、グリッ、グリグリッと、膣の奥壁にめり込んだ。

しかし、もはや苦しむどころか、優花はより一層の肉悦に耽《ふけ》っている様子。

膣路の最奥、子宮の入り口付近には、ポルチオという性感帯があるのだと、優花は教えてくれる。個人差はあるが、少なくとも彼女にとっては、ポルチオの快感はクリトリスの悦を遥《はる》かに超えるものなのだそうだ。

「じゃあ……イ、イケそうですか？」

「ええ、すぐじゃないけど……あ、ううぅん……ねえ、黒助くん、上半身を起こしてくれる？　肩を貸してほしいの」

後ろに両手をついて黒助が身体を起こすと、優花は黒助の肩を両手でつかみ、対面座位の体勢で、さらにストロークを大きくする。ギッシギッシと介護ベッドを揺らすほどに。

淡いピンクの軌跡を描いて、リズミカルに跳ねる美乳。優花の額に浮き出た汗が、ポタリポタリと滴《したた》り落ちる。熱い吐息で喘《あえ》ぐ様子と、苦しげな表情がなんとも色っぽかった。

優花の性感が高まっているのは間違いないだろう。

ただ黒助のペニスは、おそらくそれ以上に昂ぶっていた。

すでに二回も射精しているというのに、ペニスは少しも肉悦に慣れてくれない。普通なら射精すればするほど感度は落ち着き、長持ちするようになるはずだ。しかし一向にその気配はなく、黒助は新たな射精感を募《つの》らせていく。

（さすがに三回目は、糸井さんがイクのを見てからにしたい……！）

歯を食い縛って、なんとか堪《こら》えようと試みる。

だが、女を知ったばかりの未熟《みじゆく》な黒助には、荒波の如く押し寄せる射精感に抗《あらが》うことはできなかった。息をすることも忘れ、我慢に我慢を重ねても、結局は失禁するように精を漏らしてしまう。

「だ、駄目だっ……ウグウーッ!!」

出し切って、ばったりと後ろに倒れる黒助。ゼエゼエと喘ぎながら、すみません、また僕だけ……と謝る。

優花は、にっこりと微笑みながら首を横に振った。

「ううん、いいの。若い子は気持ち良くなっちゃったら、我慢しようとしても、なかなか難しいものでしょ？　それに、ほら――」

腰を持ち上げて、優花は結合を解く。

　ズルリと膣穴から出てきた白蜜まみれの肉棒は、まるで三度の射精などなかったように、青筋を浮かべて天を衝《つ》いていた。

　優花は若勃起を楽しそうに指先でつつき、

「まだ全然小さくならないよ。黒助くんってば、絶倫ってやつね。うふふっ、こうなったらもう、とことん付き合ってあげちゃうから」

　そして今度は、彼女が仰向けに寝っ転がった
「ごめんね、ちょっと疲れちゃったから、今度は黒助くんが動いてくれる？」

　優花はムチッとした太腿《ふともも》を広げ、大胆なM字開脚で肉裂をあからさまにする。

　ぱっくりと開いた女のスリット。分厚く充血し、蛇腹《じゃばら》のように波打つラビア。どちらも多量の本気汁にまみれ、ヌラヌラと濡れ光っていた。その有様は、全身の肌が粟《あわ》立《だ》つほどの卑猥《ひわい》な肉のアートだった。

（おお……オマ×コだ……！）

　黒助が目を奪われていると、不意に媚肉《びにく》がヒクヒクッと蠢《うごめ》く。膣穴が口を広げたかと思うと、ドロリ、ドロリと、奥から泡交じりの白濁液《はくだくえき》が溢れてきた。

　濃厚な淫臭を放つそれは、割れ目の縁からこぼれてアヌスの窪みに溜まり、双臀《そうでん》の谷間へと流れていく――

淫猥すぎる光景に、黒助は激しく劣情を昂ぶらせた。優花の股の間に膝を進めると、勢い込んでペニスの先端を割れ目にあてがう。幹の根本を片手で握りつつ、白濁した粘液に満たされたスリット内を亀頭で探った。

「あぅん、そ、そこ……」

「ここですか……？」

「うん、今、先っちょが少し嵌《は》まっているから、そのまま腰を突き出して……あ、うぅ、うふぅぅん」

すでに膣肉は充分にほぐれていて、最初の挿入のときよりも遙かに楽に、張り出した雁エラが壺口をくぐり抜ける。さらにズブズブと肉路を掘り進めば、ほどなく一番奥の壁に亀頭が押し当たった。

「んんっ……もっと入れていいよ。大丈夫だから」

「そ、そうですか？　じゃあ……」

優花の腰を両手でギュッとつかみ、黒助はさらに腰を突き出す。まるでゴムのように膣路は伸長し、ペニスはより深くまで女体に潜り込んだ。

根元まで全部入るか？　と思ったが、あと三センチほどというところで、優花がストップをかけてきた。「あうう……ご、ごめん、さすがにそれ以上は無理」

ここまでが限界かと、黒助はしっかり覚えておく。

目を閉じて深呼吸。記憶を失う前の自分は、ＡＶの類いを観たことがあっただろうか？　きっと――いや、間違いなく、一度や二度はあったはずだ。ネットで検索すれば、無修正のエロ動画だろうと簡単に見つかるご時世なのだから。

しかし、いくら思い出そうとしても、男と女が交わる具体的な映像が、脳裏に浮かんでくることはなかった。記憶の糸はぷっつりと途切れていた。

ただ、正常位のセックスがどういうものか、男はどんなふうに腰を動かせばいいのかは、不思議と知っている。

それはまるで〝一度も聴いたことのない歌を、なぜか知っている〟〝初めて聞いた他国の言葉なのに、なぜか意味がわかる〟みたいな、なんとも奇妙な感覚だった。

「……じゃあ、いきますよ」

黒助はゆっくりと腰を前後に動かす。ストロークはやや長めにし、先ほど確認した膣路の限界近くまで剛直を差し込んで、ズン、ズンと子宮口を抉《えぐ》っていく。

「どうですか、糸井さん、こんな感じで……？」

「あっ、うぅ……うん、いいよ、黒助くん、結構上手ぅ……はうぅん」

優花は亀頭がポルチオ肉にめり込むたび、眉間に微かな苦悶の皺を寄せた。

だが、うっとりと目を細め、口元にも大きな笑みを浮かべ、苦悶以上の悦びを顔いっぱいに表している。

自分の腰使いで女が喜悦し、乱れていく——それは、先ほどまでの受け身のセックスでは得られなかった興奮と満足感をもたらし、黒助は拙《つたな》いながらも夢中になって腰を振り続けた。

自分好みのリズムに調整できるのも、正常位のいいところで、黒助はちょうどいい摩擦快感が得られるようにピストンを加速させ、高まる肉悦に酔いしれる。三回射精しても、ペニスの快感神経はまったく鈍っていなかった。

(ああ、また出ちゃいそうだ)

もう我慢はしない。出してしまっても構わない。

あと何回でも射精できる自信があった。根拠はないが、それは揺るぎない確信だった。

「う、うっ、アアーッ……で、出ますッ……!!」

本日四度目の精を放つ黒助。ザーメンを噴き出しながら、なおも腰のピストンを続行し、蜜肉の狭穴でペニスをしごいて最後まで出し尽くす。

そのままノンストップで嵌め続けた。射精直後の敏感な肉器が擦れても、奥歯を噛んで耐え忍んだ。ほどなくしてセンシティブな状態はリセットされ、ペニスは再び甘美極まる快感に浸《ひた》る。

「あぁん、黒助くん、今、イッたでしょう？　なのにそんな、ズボズボ……あ、あうぅ、ねえ、全然休まなくていいの？」

「大丈夫です！」

女壺の中に注ぎ込んだ三発分の種汁をグッチョグッチョと引っ掻き回せば、優花は美酒に酔ったように顔を朱に染め、随喜《ずいき》の涙を滲《にじ》ませて瞳を蕩けさせた。

「はうぅ、あぁぁ……んん、ひぃぃ……こんなにいっぱい中出しされたの、私、初めて……なんだかもう、ああん、精液に溺れちゃいそう」

媚声を上ずらせ、悩ましげに身をよじる優花に、黒助は尋ねる。

「中に出されると、気持ちいいんですか？」

優花は喘ぎ交じりに答えた。精液には幸せホルモンが含まれているのよ、と。

たとえば精液に含まれているセロトニンは、やる気や幸福感に深く関係しているホルモンだという。また、不安な感情を緩和《かんわ》し、愛情を促してくれるオキシトシンというホルモンも含まれているそうだ。

そして精液には、テストステロン――いわゆる男性ホルモンも含まれている。男性ホルモンといっても、男と女、どちらの性欲も高めてくれる効果があるのだとか。

「ほんとですか？　まるで媚薬《びやく》ですね」

「うん、天然の媚薬ね……。それらのホルモンは膣壁からも吸収されるから、中出しされればされるほど……うぅ、んんっ……ふふふっ、女はエッチで幸せな気分になれちゃうのよ」

だから遠慮なく、思う存分ドピュドピュしてねと、優花は淫らな笑みで付け足す。

なるほどと理解した黒助は、彼女の太腿を両脇に抱えるや、猛然《もうぜん》とピストンを轟《とどろ》かせた。みるみる性感が高まり、前立腺がジンジンと痺《しび》れだす。それでも構わず腰を使って、自らを追い込んでいく。

「あっ、ううっ……お、おおおッ!!」

通算五回目の射精。萎え知らずの勃起力だけでなく、ザーメンの量も勢いも、まったく衰えない。自分の絶倫ぶりに少々恐ろしくなったが、覚えたての女の肉の味、セックスの快感の前では、そんな不安もすぐに忘れてしまった。

やや前のめりになって、ペニスに体重を乗せ、女体のさらなる深みへと打ち込んでいく。気がつけば、先ほど優花が痛がっていた限界を越え、あと少しで幹の付け根までズッポリと埋まりそうだった。

それでも優花が苦痛を訴えてくることはなかった。幸せホルモンの影響で痛みが麻《ま》痺《ひ》しているのか、子宮を揺さぶる一撃を打ち込むたび、彼女の瞳から理性が失われていった。

「ふぐうぅ……おぉ、おほぉ！　いいよぉ、黒助くん、とっても気持ち良くって、私、バカになっちゃう……オマ×コも、ガバガバにぃ……あぁ、あぁぁあん、いいっ、イッちゃいそう……！」

と、膣壁がまるで別の生き物のようにうねりだす。奥へ奥へと、ペニスが引きずり込まれそうになる。

アクメを目前にして本性を表した女壺は、これまでと比較にならぬ嵌め心地——まさに激悦だった。黒助は汗だくになり、軽いめまいに見舞われながらも、自慰を覚えた猿の如く、ひたすらに、愚直に、若勃起の先端で女の急所を抉っていく。張り出した雁エラで蜜肉を掻きむしる。膣襞という膣襞を、擦っては、擦られる。

「ウグーッ!!　ハッ、ハアッ、ふっ、ふうぅ……！」

そして、またしても射精。

樹液を吐き出しながら、黒助は、戦慄く腰を懸命に振り続けた。こうなったら彼女が昇り詰めるまでピストンはやめないと、心に強く誓って。

「あぁ、ううーっ……イッちゃう、イクッ……」

優花がガクガクと震えだす。黒助は本能的に察して、とどめのピストンに全力を尽くした。一撃一打の衝撃で、女体はじりじりと介護ベッドの枕元へずれていく。

とうとうベッドの端まで女体は移動し、優花はヘッドボードの出っ張りに頭を擦りつけながら、狂おしげに頭を振り乱した。

次の瞬間、跳ねるように背中を仰け反らせ、

「いいっ……イクイクイクッ、イグゥーッ!!」

ついにオルガスムスに達した優花の絶叫が、病室内に鳴り響く。

黒助は嵌め腰を止め、溜め息と共に尻餅をつき、全身の力を抜いた。

(やった、やった、イカせた……!)

だが、ピストンを止めた途端、激しい疲労感と鈍い腰の痛みが襲ってくる。

そして鼻の奥をツンと刺激する臭気に気づいた。牡と牝の結合部から溢れた白濁液が、マットに大きな染みを作っていたのだ。僕は今夜、このベッドで寝るのか？

だが、すぐにどうでもよくなった。黒助は艶めかしく喘ぎながらぐったりしている彼女を見下ろしながら、初セックスで見事女を絶頂させた達成感に胸をいっぱいにするのだった。

5

ほんの一時間程度の間に、合わせて六回もの射精に次ぐ射精——。

しかし、優花の中から引き抜いたペニスは、なおも屹立《きつりつ》を保ち続けていた。

「凄い、信じられない」と驚き呆《あき》れる優花。黒助もさすがに不安になって、

「これって、やっぱりなにかの病気なんでしょうか……？」と尋ねる。

優花は難しい顔で首を傾げた。「うーん、持続勃起症という病気があるんだよね。

本人の意思や感情と関係なくオチ×チンが大きくなっちゃう病気」

持続勃起症は痛みを伴《ともな》う病気だという。ただし、

「痛みが現れるのは、勃起が長時間続いたときなんだって。でも、黒助くんのオチ×チンは、大きくなった瞬間から痛かったんでしょ？」

つまり症状が一致していないのだ。持続勃起症による痛みは、時間が経つほどに強くなるそうだが、しかし黒助のペニスを襲ったあの激しい疼きは、今ではだいぶ落ち着いていた。

「はい、でも今はもう……全然痛くないってわけじゃないですけど、これくらいなら

我慢できるっていうか、アソコが痛みに慣れてきたみたいです」

「そうなの。だったらやっぱり、持続勃起症とは違うと思うのよね」

「……じゃあ、なんなんでしょう？」

「そうねぇ……。病気でもなんでもないって可能性もあるわね」

常人離れした勃起力を生まれながらに持っていた――ただ単に、そういうことなのかもしれない。

しかし、他にも考えられる可能性はあると、優花は言う。

「たとえば……雷に打たれたせいとかね」

なんでも、雷に打たれたことで身体に特殊な変化が生じたという例は、世界中にあるのだそうだ。落雷を受けた後、低下していた視力や聴力が回復した人。急にピアノが弾《ひ》けるようになった人。寒さに異常に強くなり、氷点下でも暑さを感じるようになった人。中にはテレパシーや未来予知といった、いわゆる超能力に目覚めた人もいたという。

「まあ、超能力はさすがに眉唾だけど……でも、強烈な電気ショックで人体に未知の変化が生じるというのは、あるんじゃないかなって思うのよね」

「雷に打たれたせいで、僕のアソコは勃起が治まらなくなっちゃったんですか？　も、もしかして、ずっとこのままなんでしょうか？」

セックスのときは萎え知らずの勃起力が頼もしく思えたものだが、もし今後の日常生活でもずっとこのままだとしたら、実に困ったことになる。外出中も常に股間を膨らませたままでは、周囲の人たちから確実に白い目で見られることだろう。フル勃起で銭湯や温泉などに入ったら、間違いなく変質者扱《あつか》いされる。それに、天を仰ぐほど反り返ったペニスで、どうやって小便をすればいいというのか。

「うーん、どうかな。私にもわからないよ。あくまで可能性の話だからね」

困惑する黒助を、優花はまあまあとなだめる。

「とりあえず、少し様子を見てみよう」と、彼女は言った。

第二章　彼女の中は深く広く

1

セックスの後始末をして優花が病室を出ていき、それから一時間ほど経つと、ようやくペニスは平常時のサイズに戻った。どうなることかと気に病んでいた黒助は、およそ六センチまで縮んだ息子のふにゃりとうなだれた姿にほっとする。

エロい漫画と看護師のせいで勃起し、時間はかかったが、最終的には自然に治まった——大雑把な言葉で顛末《てんまつ》を表すと、ごく普通のことのようでもある。

翌日、「やっぱり病気じゃないんじゃないかな」と、優花は言った。もし今後も痛みを伴う勃起が続いて、日常生活に支障を来すレベルだったら、泌尿器科を受診するようにと勧められた。

ただ、記憶喪失の方は、明らかにもっと深刻な問題である。

アルツハイマー型認知症、外傷、病気による脳の損傷、強い心的ストレスなどが記憶障害の原因となるという。たとえば脳梗塞《のうこうそく》のような病気が原因の記憶喪失だったとしたら、放っておけば命に関わるかもしれない。

黒助は朝一番の診察を受け、そのときに「紹介状を書くから、大きな病院で詳しく検査してもらいなさい」と医師から言われた。

その後、着の身着のままで黒助は退院した。持ち物は財布と壊れたスマホだけ。

診療所を出ると、駐車場に見覚えのある車が停まっていた。運転席で、例のハーフ美人の亜美がこちらに手を振る。彼女は黒助が退院する時間を、昨日、優花から聞いていて、わざわざ迎えに来てくれたのだ。

入院代もすでに彼女が払ってくれたという。黒助は車に歩み寄り、彼女が運転席のサイドウィンドウを下げると、深く頭を下げてお礼を言った。

「本当にありがとうございます。お金は、いつか必ずお返しします」

「い、いいんです」

長身の亜美は相変わらず猫背がちで、ハンドルに載せた手を忙しく動かしていた。

照れているのか頬を赤く染め、上目遣いで、

「あの……ところで、これからどうしますか？」と尋ねてくる。

黒助は首を横に振った。記憶喪失なので、どこへ帰ればいいのかもわからない。現状はホームレス同然だ。市役所に行けば、泊まるところを紹介してくれたりするのだろうか？　それとも野宿？

「じゃあ、うちに来ますか……？」と、亜美が言った。

しばらく泊めてくれるという。とてもありがたい申し出だ。断る理由はなかった。

黒助は彼女に言われて、車の助手席に乗り込む。

しかし——やはり少々腑《ふ》に落ちない。

「あの月島さん……」

「亜美でいいです。私も黒助くんって呼んでいますし」

「じゃ、じゃあ……亜美さん」女性を名前で呼ぶのは、かなり照れくさかった。「どうしてこんなに、僕に親切にしてくれるんですか？」

診察費や入院費を肩代わりしてくれただけでなく、しばらくの間、家に泊めてくれるというのだ。ただの親切で、赤の他人にそこまでしてくれるものだろうか。

(もしかして、赤の他人じゃないとか……？)

彼女は黒助のことを以前から知っている？　じゃあ、なぜそれを言わない？

記憶を失った自分と、なにかを隠している彼女——まるでサスペンスドラマのような物語が頭の中をよぎった。

亜美はエンジンをかけて車を動かし、駐車場から車道へ出る。

前を向いて運転しながら彼女は話しだした。だがそれは、黒助が考えたような突拍子もないストーリーではなかった。

「黒助くんが倒れていた場所……あの崖、隠れた自殺の名所なんです」

「え……そうなんですか？」

海に深く突き出した、切り立った崖。いつからそこに自殺志願者がやってくるようになったのかは、亜美も知らないという。

その崖の先から眺める景色はとても美しく、悩みを抱えた者がそこに立つと、視界いっぱいに広がる海と空のブルーに深く心を癒やされるのだとか。自殺を考えていたことなど忘れてしまうほどに。

だが——

家に帰って、その感動が鎮まってくると、やがて気づく。やっぱり苦しい現状は変わっていなくて、自分の悩みはなにも解決していないのだと。

すると、悩める人の多くが不思議と同じように考えるのだそうだ。

もう一度、あの崖に行きたい。あの美しい風景と永遠に一つになりたい。

そして、崖から飛び降りる――。

「く……詳しいですね」

亜美の話が、まるで実話系の怪談話のように生々しいので、黒助は背筋がちょっと寒くなった。

亜美は苦笑いを浮かべる。「ああ……いえ、今のは受け売りなんです」

その崖の近くには一軒のカフェがあり、そこのオーナーから話を聞いたそうだ。

そのカフェには、自殺を考える者が崖に向かう前に立ち寄ったり、自殺を思い留まった者がやってきたりするらしく、そこのオーナーはその人たちの話を聞いて詳しくなったのだとか。

オーナーは悩める人の話を聞いて、ときに相談に乗り、自殺を思い留まらせるようなことをしていたという。だが二年前に、高齢のオーナーは転んで骨折し、歩行や車の運転が難しくなってしまった。それでカフェを閉めることにした。

亜美はオーナーの活動に感銘を受けていたので、自分にそのカフェを引き継がせてほしいと申し出たという。オーナーは亜美の熱意を理解してくれて、快くカフェを譲ってくれたそうだ。

つまり亜美は、そのカフェの現在のオーナーというわけである。

昨日、車で出かけていた亜美は、そのカフェへと帰る途中に、崖の上で倒れている黒助をたまたま見つけたそうだ。

「もしかしたらこの子は、なにか死にたくなるようなことがあって、この崖に来たんじゃないのかなって……そう思ったら、放っておけない気がしたんです」

「僕が自殺……？」

かつての自分がそんなことを望んでいたのか、今の黒助にはわからなかった。

「いや、でも、僕はただの観光客だったのかもしれませんよ？　興味本位で崖に立ち寄ったら、運悪く雷に当たっちゃったとか」

「ええ、そうかもしれないですね。知る人ぞ知る自殺の名所なので、面白がって見に来る人もときどきいます」

でも、それならそれでいいんです。そう言って、亜美は微笑んだ。

「黒助くんが……死を望むような苦しみを抱えていなかったのなら、その方がいいに決まってますから」

黒助は彼女の横顔を見た。透き通るように白い肌は、やはりハーフだからか。アメリカ人の父親というのはきっと白人なのだろう。

琥珀色の瞳が、本物の宝石のように輝いていた。長いまつげは頭髪と同じく亜麻色で、彼女がまばたきをするたびに、蝶の羽のように優雅にはためく──

その様子をまじまじと眺めながら、黒助は彼女に言った。

「月島さんは、とってもいい人なんですね」

「そ、そんなこと……」

面映《おもは》ゆそうな顔でかぶりを振る亜美。ぽっと赤くなった頬が、白い肌に映える。

「いい人ですよ。でも、いい人すぎてちょっと心配になります」

「え……心配、ですか?」

「はい。だって僕がどんな男かわからないのに、しばらく泊めてくれるっていうんですから。僕が……もし悪い男だったらどうするんですか?」

からかっているのではなく、本気だった。亜美の優しさや善良さにつけ込んで、良からぬことを企《たくら》む者がいてもおかしくない。これほどのハーフ美人なら、その身体を目当てに集まってくる輩も多いのではないだろうか。黒助はそれが心配だった。「じゃあ、やっぱりあなたを泊めるのはやめます」と言われたら、黒助はとても困ったことになるのだが、それでも言わずにはいられなかった。

亜美にはちょっとしたことで困り顔になる癖があるみたいだが、今まさに眉根をキユッと寄せて、とても悩ましげな表情となる。

「それは……もちろん考えました」

顔を前に向けて運転しながら、亜美は一瞬だけ横目で黒助を見た。

「黒助くんはそんな悪そうな人には見えないですけど、人は見た目じゃ判断できないので……一晩、しっかり考えました」

よく考えたうえで、決心したという。

「うちのカフェの先代のオーナーさんは、自ら死を選ぼうとするほど苦しんでいる人の力になりたい、助けになりたいと思っていました。私はその意志ごと、あのカフェを継がせてもらったんです」

亜美は真《ま》っ直《す》ぐに前を見つめながら言った。力強い言葉だった。

「だから、黒助くんがおうちに帰れるようになるまで、何日でも遠慮なく泊まっていってください」

2

海沿いの道を走っていると、海岸近くにぽつんと建つ二階建ての一軒家が見えてきた。それが彼女のカフェだった。

「お店の名前は〝シーサイドカフェ〟っていうんです。ふふふ、そのままですよね」

建物の前で車が停まる。車を降りた黒助は、カフェの外観を眺めた。

年季を感じさせる建物で、海風のせいもあってか、『シーサイドカフェ』という看板の文字もところどころ消えかかっていた。頭の〝シ〟などは、あちこちペンキが剝《は》げているうえに、浮き出た錆《さび》が文字と重なって、ほとんど読めない状態である。見ようによっては〝シ〟ではなく〝ス〟のようだ。

ただ、イギリスの片田舎にあるような煉瓦《れんが》造りの建物は、少々古びていても、むしろそれが味となるようなたたずまいだった。

一階の一部がカフェの店舗となっており、それ以外が亜美の居住空間なのだという。ちょうど余っている四畳半の部屋があるそうで、黒助はその部屋を使わせてもらうことになった。

黒助がシーサイドカフェに居候するようになってから、三日ほど経った。

その三日で、この店がほとんど流行《はや》っていないことを、黒助は理解した。

カフェの目の前には海岸線がうねるように続いているのだが、海岸といっても砂浜はなく、デコボコした足場の悪い岩や崖ばかり。しかも波打ち際から急に水深が深くなる〝急深〟なので、夏場でも海水浴客がやってくるようなことはないそうだ。十月の今ならなおさらである。

そのうえ、アクセスもあまり良くなかった。近くに県道が通っているだけで、民家や商店の類いがあるところまでは、歩いて二十分ほどかかる。カフェの周囲に、他の建物は一軒もなかった。

だから客の数は多くない。

ただ、全然いないわけでもなかった。この三日間で、客がたった二人の日もあれば、七人の日もあった。それでも多いとはいえないが、どうやら熱心なリピート客がいるようである。

黒助にもその理由がわかった。ここはとても居心地が良いのだ。

オシャレな洋風のインテリア。カウンター席と、それ以外はテーブル席が四つの、さほど広くない店内は、古びているが掃除が行き届いていて、テーブルや椅子の黒、壁の茶色が、しっとりと上品に輝いている。

ノスタルジックな雰囲気で、まるで時間が止まっているような空間だった。周囲になにもなくて静かだから、打ち寄せる波の音や、微かに聞こえてくる車の音も、心地良いＢＧＭとなっている。

そのゆったりした感覚に身を任せていると、あっという間に時間が過ぎていくのだった。黒助も、記憶喪失の不安など忘れてしまいそうになる。

黒助はカウンター席の隅《すみ》に座らせてもらって、日がな一日、本を読んだ。

亜美はなかなかの読書家で、二階に書庫があり、六畳のその部屋の壁を埋め尽くすように本棚が並んでいた。さらに部屋の真ん中にも、背中合わせの本棚が左右を仕切るように設置されていた。活字の本だけでなく、漫画も多い。いつでも入って、好きなように読んでいいと言われた。

記憶を失っているからどれも知らない本で、なにを読んでも記憶が蘇るようなことはなかった。ただ、彼女の蔵書は黒助の趣味に合うらしく、ミステリーにホラー小説、異能力アクション漫画や、果ては異世界転生のラノベまで、どれも楽しく読めた。

そして、亜美の淹《い》れてくれるコーヒーもまた美味しい。

「でも、私はまだまだで、前のオーナーの味にできないんです」と、亜美は言う。

そのせいで離れた客も多いのではと、彼女は考えていた。が、黒助は、そんなことはないだろうと思う。

客が少ない理由は、アクセスの不便さともう一つ――亜美の接客態度のせいではないだろうか。

亜美は店に客が来ると、おどおどと落ち着きがなくなる。注文を取るときも、客とほとんど目を合わせない。身長はモデル並みに高いのに、自信なさげに背中を丸めて縮こまって、ぼそぼそとしゃべった。

これは黒助と会話をするときも同じだった。だからきっと悪気があるのではなく、彼女はちょっとばかり人見知りが強いのだろう。

ただ、人間嫌いではないと思われる。そうでなければ、黒助にここまで親切にしてくれるはずがない。

とはいえこんな接客態度では、一見客は戸惑うだろうし、不愉快に思う人もいるだろう。

（あんな調子で、自殺を考えている人の悩みを聞いてあげるとかできるのかな？）

黒助は記憶を失った自分のことより、亜美の方が心配になるのだった。

3

午後七時でカフェは閉店となる。レジ締めをした亜美はすぐに台所へ向かった。

「今、晩ご飯の準備をしますから、少し待っていてくださいね」

一日の労働で疲れた亜美に食事の支度までさせるのは忍びなく、黒助はできる範囲で手伝う。今夜の夕食は天ぷらだった。

パチパチと油の跳ねる音が響き、揚げ物の美味しそうな香りがキッチンに広がる。海老、イカ、サツマイモ。鮭の切り身に、舞茸、ちくわ——亜美は料理も手慣れていて、狐色に揚がった天ぷらが、次々とキッチンペーパーを敷いた皿に載せられていった。

「わ……ちょっと量が多かったかもしれないです。スーパーで美味しそうだったから、ついたくさん買ってきちゃったんですけど……」
三、四人分くらいの天ぷらが皿いっぱいに積まれる。黒助と亜美はダイニングのテーブルに向かい合って座り、揚げたての天ぷらを早速頬張った。
いきなり海老を取るのは気が引けたので、黒助はまず鮭を選んだ。口の中で衣が砕けるや、鮭の旨味がジュワッと舌に広がった。

「うんっ……とっても美味しいです。これなら、これくらいの量、ペロリといけそうですよ」

ナスの天ぷらを口に入れた亜美は、ハフハフしながら頷いた。人見知りの彼女も、美味しいものを食べたときはやはりテンションが上がるようで、黒助に向かってにっこりと微笑む。

「はい、これはビールが必要です」

揚げたての天ぷらとビールの相性は抜群なのだろう。亜美はあっという間に一缶飲み干し、すぐさま冷蔵庫から二缶目を出す。

「ビール、お好きなんですね」

「……う、うん、そうなんです。えへへ」

ビールは好きだがアルコールに強いというわけではなさそうだった。亜美は早くも顔を真っ赤にし、しゃべり方もいつもと少し違ってきていた。

「黒助くんも……飲んでみます？」

「え……僕もですか？　いいんでしょうか？」

黒助は自分の年齢がわからない。おそらく二十歳前後と思われるので、ビールを飲んでいい年齢かどうかは微妙だ。

「試しにちょっと飲んでみたらどうです？　飲んだことがあるなら、なにか思い出すかもしれないし……」

「ううん……そうですね、じゃあ、ちょっとだけ」

小さなグラスを出してもらい、そこに半分ほど注いでもらった。

一口飲んでみる。あまり美味しいとは思わなかった。なにも思い出すことはなく、以前に飲んだことがあるのかもわからなかった。

一昨日、亜美がネットで調べてくれたのだが、黒助の症状は〝全生活史健忘〟というものらしい。自分の名前や家族のこと、自分がかつて体験したことやそのときの感情など、自分自身に関することのすべてを忘れてしまう病気だという。

人間の記憶に深く関わっているのは脳の海馬という部分で、人間が言語を扱うときに使う脳の部位とはまた違う。だから記憶喪失になっても言葉はしゃべれるし、文字も読める。

ただ、〝自分自身に関すること〟という分類が、黒助は未だに腑《ふ》に落ちない。たとえば黒助は、自分の両親の顔や名前を忘れてしまっているが、それらは〝自分自身に関すること〟なのだろうか？

他にも、ネットで〝誰もが知っている有名漫画〟を検索してもらったところ、アニメ化もしたという大ヒット作品を、黒助はまったく知らなかった。また、〝日本人なら一度は聞いたことがある名曲〟を動画配信サイトで聴かせてもらったりしたが、サビのフレーズすら初耳に思えた。

（覚えていることと覚えていないことの線引きが、よくわからないな……）

一般常識や、学校で学んだ知識などは、おそらく失われていないと思われる。だから日常生活に大きな支障はなかった。

黒助はもう一口、ビールを飲む。やはりこの苦味は苦手だ。ただ、喉《のど》の奥に絡みついた天ぷらの油が、ビールの炭酸で爽やかに流されていく感覚は気持ち良かった。

黒助が飲むと、亜美のピッチはますます上がる。

「誰かとお酒を飲むなんて久しぶり。うふふっ、楽しいなぁ」

亜美は琥珀色の瞳で、黒助をじっと見つめてくる。人見知りの彼女としっかり目を合わせたのは初めてだった。酔っているせいなのか、亜美には全然緊張している様子がない。アルコールで火照《ほて》った頬が色っぽく、黒助の方がドキドキしてしまう。

山盛りだった天ぷらも二人の胃袋にすっかり収まり、夕食が終わる頃には、ビールの空き缶が六つ、テーブルに並んでいた。黒助が飲んだのは、最初にグラスに注いでもらった分だけだ。

「ビール、なくなっちゃった。面倒だけど……買ってくる」

おもむろに立ち上がる亜美。足はふらついているし、目は焦点《しょうてん》が合っていない。

「今からですか？　そんなに酔っていて、危ないんじゃ……」

「大丈夫よぉ。車じゃなくて歩きで行くから」

「いや、それはもちろんそうでしょうけど……」

黒助としては、たとえ歩きでも、こんなに暗くなってから酔っ払った彼女を行かせるのは危なっかしいと思う。

「じゃあ、僕が行ってきますよ」

「ええ〜、悪いわよ。いいから黒助くんはお留守番しててぇ」

亜美は財布を持って玄関へ向かった。そんな彼女を黒助は止めようとする。

と、なにもないところでつまずいて倒れそうになる亜美。黒助は慌てて彼女を支えようとするが、支えきれずに互いの身体がもつれて、逆に押し倒されてしまった。

「いたた……だ、大丈夫ですか、亜美さん」

亜美は、黒助に覆い被さっていた。

重なる二人の身体――しかし彼女はどこうとしない。それどころか、黒助の首筋に顔を近づけ、ふんふんと鼻を鳴らした。

「……黒助くん、なんだかいい匂いがするぅ」

看護師の優花も、黒助の匂いのことを言っていた。あのとき優花は、黒助のペニスの匂いを嗅いでうっとりしていたが、フェロモン的なものは黒助の身体の他の部分からも分泌されているのかもしれない。

亜美の美貌がビールに酔った以上に蕩ける。もうふにゃふにゃだ。

彼女の鼻先が、黒助の首筋にぴたっとくっついた。熱い鼻息にくすぐられ、黒助はたまらず肩をすくめる。

「ちょっと、亜美さん、駄目です……ど、どいてください」

しかし、なおも亜美はどかない。夢中になって黒助の匂いを嗅いでいる。

当然、黒助にも彼女の匂いが感じられた。フルーティで芳《こう》ばしいビールの香りに混ざった、甘酸っぱい女の匂い、汗や脂《あぶら》の仄《ほの》かな刺激——。

密着した身体からは、彼女の温もりも伝わってくる。アルコールのせいで彼女の身体は火照っており、その熱が黒助の血をじわじわとたぎらせる。

そして、胸元にムニュッと押しつけられたクッションの如き感触——それはここ数日密かに思っていた、彼女に対する黒助の推測が正しいことを示していた。

(やっぱり亜美さん、オッパイ大きい……！)

命の恩人に対して不埒《ふらち》な視線を向けてはいけないと思っていたものの、同じ屋根の下で暮らすようになると、どうしても誘惑に負けてしまう。それだけ彼女の胸元のボリュームは素晴らしかった。

おかげで何度となくムラムラした。だが、ひとたび勃起してしまったら、黒助のペニスはまた勃《た》ちっぱなしになってしまうだろう。だからこの三日間は、なんとか勃起しないよう、修行僧の如き心持ちで己を律し続けた。淫気が高まりそうになったら目をつぶり、下唇を噛み、百から七ずつ引いていく暗算で思考を埋め尽くした。

夜寝る前にこっそりとオナニーはしている。が、一度や二度の射精では、黒助の絶倫ペニスは鎮まってくれず、すっきりしないまま、おっ立てて寝た。幸い、目が覚める頃には股間の充血も治っていて、朝勃ちで困るようなことは今のところなかった。

しかし今、亜美にのしかかられ、その熟れた女体とほとんど抱き合うように密着し、黒助は淫気を鎮めるどころではなかった。たちまちのうちに勃起する。診療所の一夜のときほどではないが、やっぱりまだ少し痛い。

「あっ……!?」

亜美が慌てた様子で起き上がった。理性を少し取り戻したのか、恥ずかしそうな、困った顔で黒助を見つめてくる。

勃起がバレたのは間違いない。黒助も身体を起こし、

「す、すみません……」と謝った。

「う、ううん、いいの」亜美は両手を激しく振る。「若い子は、その……反応しやす

いのよね？　だから、気にしないで。私みたいなおばさん相手でもそんなになっちゃうなんて、ちょっとびっくりしちゃったけど……」

引《ひ》き攣《つ》った笑みでうつむく亜美。

彼女が怒ったり嫌悪感を表したりはしなかったので、黒助は少しほっとした。

居住まいを正すと、下を向いたままの彼女にこう告げる。

「亜美さんみたいな綺麗な人が相手だから……こ、こんなになっちゃったんです」

「え……？」

亜美は少し顔を上げた。彼女の視線が、ちょうど正座をしている黒助の股間に、張り詰めたズボンのテントに向けられた。亜美はまた顔を伏せてしまう。

「や、やだぁ、黒助くんったら……お、お世辞が上手なのね、もう」

「……お世辞なんかじゃないです」

しばし沈黙が続いた。

やがて亜美が顔を上げると、その表情はまだ少し困惑していたが、琥珀色の瞳には確かな情火の輝きが宿っていた。

膝を突き合わせるくらいに寄ってきて、彼女は黒助の股間の膨らみをまじまじと見つめてくる。黒助はとても恥ずかしかったが、ペニスは緊張に縮むこともなく、ファスナーを壊してしまいそうな勢いで屹立し続けていた。

そしてついに、亜美の手が股間のテントに触れてくる。

あまりの驚きで、黒助は彼女の手を払うこともできなかった。そのうちに彼女の手が、躊躇いがちに膨らみをさすってくる。

「凄く硬い……。それにズボン越しでも熱いわ」

ズボン越しのささやかな摩擦感がペニスに伝わってきた。

「あっ……ううぅ」

甘やかなくすぐったさに黒助は呻き、股間の息子も切なげに身を震わせる。

「黒助くんの……ズボンの中に押し込められて、とっても辛そう。外に出してあげた方がいいわよね……?」

黒助の返事を待たずに、亜美はズボンのボタンを外し、ファスナーを下ろした。

「黒助くん、腰を上げて」

「……は、はい」

異性の手で、己の股間をあからさまにされていく。そのことに黒助は、淫らな期待感を覚えずにはいられなかった。だから彼女を止められなかった。

黒助が膝立ちになると、亜美の震える手がまずはズボンを、そしてボクサーパンツをゆっくりとずり下ろす。

パンツの引っ掛かりがなくなるや、若勃起は跳ね上がるように鎌首《かまくび》をもたげた。

その巨根の有様をじかに目にした亜美は、呆気に取られた顔で「わァ……ァ……」と呟く。

「オ……オチ×ポがこんなに大きくなる人もいるのね。凄い、凄いわぁ……」

正座の格好で身をかがめ、吸い寄せられるように剛直に美貌を近づけていった。

「黒助くんの……オ、オチ×ポ……匂いがとっても濃くて……ああ、なんだかクラクラしちゃう」

どうやら亜美も優花と同じように、黒助のペニスの匂いに官能を高めているようだった。一日の汚れに包まれた牡肉の匂いで鼻息を乱し、その表情はどんどん蕩けていく。

さらに大胆になった亜美は、血管を浮かび上がらせた肉棒の根本をそっと握ってきた。それだけで尿道が熱くなり、鈴口にぷっくりと玉状の先走り汁が膨らんだ。

「あう……」

「あ……あん、お汁が……」

亜美の指先が鈴口に伸びる。

だが彼女は、その指を途中で止める。なにやら悩むように眉間をしかめ——指の代わりに唇を寄せた。鈴口にチュッと吸いつく。

（えっ……⁉）

突然の唇の感触に戸惑うも、その快美感に黒助はペニスを震わせた。

一線を越えてしまったからか、亜美はさらに亀頭を咥え込む。そして熱い舌肉をヌルリ、ヌルリと絡みつけてきた。

「あ、亜美さん……！」

「うぅ……うむむ……ちゅぱっ」

精一杯の大口で咥えていた亜美は、苦しそうに呻いて巨根を吐き出す。

「あ、顎が外れちゃいそう……ふうぅ……れろっ」

亜美は竿の裏側に、縫い目に沿って舌を這わせ、そして裏筋を念入りに舐め擦る。

湧き上がる愉悦で鈴口から新たなカウパー腺液が溢れた。彼女はそれをペロッと舐め取り、また頬張る。

今度は吐き出さず、チュパチュパとしゃぶって雁首を唇でしごいた。

「おお……き、気持ちいい……亜美さん、とっても上手です」

「んぽっ……ありがとう、うふふっ」

朱に染まった頬で微笑み、亜美は「私、フェラチオは結構得意なのよ」と言う。それから再びペニスを含み、なめらかに首を振った。張り出した亀頭冠に引っ掛かって、彼女の上唇がはしたなくめくれる。

ハーフ美女のオシャブリは、その眺めも実に扇情的で、黒助はたちまち射精感を募らせた。肉棒が朱唇に出入りする、そのたびに漏れる破廉恥《はれんち》な水音に鼓膜を蕩けさせながら、彼女に告げる。

「あ、ああ……で、出ちゃいそうです」

亜美はペニスを咥えたまま、上目遣いで微笑んだ。そして首振りをこれまでよりも加速させる。口内の舌も、味がなくなるまで舐めつくさんとばかりに、亀頭や裏筋をレロレロと擦りまくる。

彼女の瞳が物語っていた。どうぞ、このまま思いっ切り出しちゃってと。

「いいんですね……ううぅ……も、もう、出ますっ……!!」

腰がビクンと跳ね、ペニスはさらに深く彼女の口内を侵し、喉の奥に向かって勢いよく樹液を吐き出す。

射精の発作は幾度も繰り返され、亜美の唇の端から白濁液がトロリとこぼれた。

亜美は眉を震わせ、ゴクッ、ゴクッと喉を鳴らすのだった。

4

癖のある苦味、しかし生臭さはなく、黒助の精液は結構飲みやすかったという。

ペニスを吐き出した亜美は、多量の射精を経てもまったく萎えていないことに目を丸くした。

「黒助くんくらいの年頃の子だと、オチ×ポもこんなに元気なの？　凄いわぁ」

力強く反り返る肉棒をまじまじと眺め、亜美は溜め息をこぼす。「こんなに立派なオチ×ポでセックスしたら、女の人はどうなっちゃうんだろう。苦しいのかな。それとも、気持ちいいのかなぁ。ど、どうなの？」

「どうなのって言われても……」

優花は若干苦しそうだったが、最終的には快感が遙かに勝っていた様子。しかし、それを亜美に話すのはなんだか気まずくて、黒助はとぼける。

「さあ……僕にはわかりません」

「そ、そうよねぇ、記憶喪失なんだもの……」

亜美は都合良く納得してくれる。そして巨根に熱い視線を送り、ぼそっと呟いた。

「これだけ大きなオチ×ポなら、私にも合うかも……」

「え……？」

どういう意味か問いかける暇もなく、亜美は服を脱ぎ始める。

白磁《はくじ》のような透き通った白い肌。どちらかといえば痩《や》せ型だが、大人の女らしく腰や尻、太腿などはしっかりと肉づいていた。

ブラジャーが外されれば、期待どおりの巨乳が露わとなる。推定Cカップの優花より、二回り、いや三回りほど大きい。デコルテからバストトップへの、いわゆる上乳の膨らみは控えめだったが、下乳はボリュームたっぷりだ。乳首はツンと上を向いていて、色は鮮やかなサーモンピンク。

(なんていうか……形がとってもエロい)

優花のような綺麗なお椀型《わんがた》ではないが、下に行くほど肉厚になっていく膨らみは、完璧に整った形にはない、淫靡な美しさがあった。

「やだ、黒助くんったらもう……」

牡の熱い眼差しを受けて、亜美はいつもの困り顔になるが、それでもふふっと微笑んだのは、たっぷり飲んだアルコールのせいだろうか。

黒助は大急ぎで自らも衣服を脱ぎ捨てた。彼女も、さらにパンティを脱ぐ。

女の三角形の一角を覆う茂みは、髪の毛と同じく亜麻色だった。かなり濃い草叢《くさむら》が肌に張りつくように密集していて、大陰唇まで生えていそうな感じである。

「ごめんなさい、最近、お手入れをサボっちゃってて……。黒助くんはアソコの毛が多い女は……やっぱり、嫌？」

黒助は首を横に振った。確かに毛量は多いが、野放図に伸び散らかしているわけでもなく、みっともない印象はなかった。内気でおとなしいハーフ美人の股間としては少々似つかわしくないかもしれないが、そのギャップが男の劣情を誘うのである。

「僕は好きです。むしろ——興奮します」

「え……ほ、ほんとに？　黒助くんって、とってもエッチなのね……」

予想外の返答だったのか、亜美は驚いているようだった。

驚きが去ったあとは、ほっとしたような顔になり、しかしまたすぐに不安げな表情となる。なにか言いたげな眼差しをチラチラと向けてくるが、唇は固く結ばれたままだった。

「な、なんですか……？」

黒助が促すと、亜美は思い切ったように口を開いた。

「あのね、正直に言うけど……私、三十五なの。多分、ううん絶対、黒助くんとは十歳以上離れているわよね。それでも黒助くん的には、あり……？」

なんだ、そんなことかと、黒助は吹き出しそうになる。

「もちろん、大ありです」と、大きく頷いた。

三十五歳というのは少々意外だった。黒助としては、三十前後と予想していたのだ。だがそれは、彼女がそれだけ若く美しく見えるということである。

「そもそも亜美さんみたいな綺麗な人なら、年がいくつ離れていようが関係ないですよ」

初めて会った日から、黒助は亜美に心奪われていたのだから。今さら年の差など気にもならなかった。その思いを込めて、彼女を見つめる。

面映ゆそうに目を逸らす亜美。黒助は彼女のすぐそばまで歩み寄り、

「触ってもいいですか？」と尋ねる。

亜美は目を合わせぬまま、こくんと頷いた。

黒助は胸を高鳴らしつつ憧れの女体に両手を伸ばし、艶めかしい巨乳にそっと触れる。掌に収まりきらぬ乳肉のボリューム。優しい弾力。

「あん……」と、亜美が色っぽく呻いた。

双乳を持ち上げようとすると、その重さがずっしりと掌に伝わってくる。左右に揺

らせば、乳肉がプルプルと可愛らしく躍った。

黒助は五本の指で、ムニュッ、ムニュッと肉厚の下乳を揉みほぐし、指の間からこぼれそうになる乳肉の感触に酔いしれる。

揉みながら指先で乳首に触れると、亜美は敏感に反応した。

「んんっ……あ、ううぅ」

上下に軽く転がせば、亜美は悩ましげに鼻息を漏らし、サーモンピンクの突起はたちまち硬く尖っていく。

「はぁん……ああ、あっ……いいわ、黒助くん……あぁ、やっぱり人にしてもらった方がずっと気持ちいい……」

腰をくねらせ、艶めかしく内腿を擦り合わせる亜美。

(それって、自分でもよくいじっているということ？)

自らの乳首を弄《もてあそ》んでいる、はしたない彼女の姿を想像し、黒助はさらに欲情を募らせた。ペニスの先から、先走り汁がトロリと溢れ出す。

「あの……あ、亜美さんのアソコ、見せてくれませんか……？」

「見たいの？　そうよね、男の子は見たいわよね。女の人のアソコ。ええ、いいわ。恥ずかしいけれど……」

亜美はリビングのソファーに移動し、腰掛けた。

美貌を真っ赤に染め、眉根を寄せて——それでも大胆に、両手で膝の裏を抱えるようにして股を開いていく。なんと、M字開脚だ。

黒助は彼女の前にひざまずき、かぶりつきで股の付け根を覗き込む。

（ああっ……これが亜美さんの……！）

亜麻色のヘアは、徐々に薄くなりながらも、やはり大陰唇の半ばまで続いていた。スリットの内側は、すでにしっとりと濡れている。小陰唇はすっきりとした形で、大陰唇から少しはみ出す程度の大きさだった。色は乳首同様のサーモンピンクである。

花弁に囲まれた中心部はさらに鮮やかな赤みを帯び、針で刺したような小さな穴が一つと、その下に、薔薇の花弁状に入り組んだ肉襞の穴が蠢くように息づいていた。

その有様だけでも官能は大いに掻き乱されたが、牝花から漂う淫香は、なおさらに黒助の理性を痺れさせた。たまらず鼻先を近づけると、甘酸っぱいアロマに混ざった汗の匂いが、途端にツンと鼻腔を刺激する。

「おおっ……！」

「や、やだぁ、そんなに鼻を近づけないで。お風呂にも入ってないんだから……」

亜美はイヤイヤと首を振った。しかし黒助はなおも嗅ぎ続ける。

欧米人は日本人より体臭が濃いという話を——聞いた記憶はない。しかしその知識は、記憶喪失でも失われなかったようだ。

とにかく欧米人のその体質は、父親から亜美へとしっかり受け継がれたのだろう。一瞬、頭がくらっとするほどの濃厚な刺激臭だった。

しかし、決して悪臭ではない。ヨーグルトのような甘酸っぱい女蜜の匂いと合わさって、濃密な牝フェロモンとして黒助を昂ぶらせた。嗅げば嗅ぐほど癖になる。

気がつけば、黒助は手を伸ばしていた。濡れ光る花弁に触れると、ヌルヌルとした柔らかなゴムのような感触。皺やよじれは少なく、なめらかな指触りだ。

「あっ……んふぅ」

亜美の太腿がピクッと震える。

花弁の合わせ目には肉のベールがあり、中になにかが潜んでいるみたいにぷっくりと膨らんでいた。それがなんなのか、黒助には心当たりがあった。

「これって……クリトリスってやつですか？」指先で軽くつついてみる。

「あうっ……そ、そうよ、その中にあるのが……」

亜美はベールに中指をあてがい、器用にめくり上げた。ツルンと顔を出したクリトリスは、黒助が思っていたよりずっと大きかった。

およそ一センチほどの肉の豆。男の陰茎に相当するものらしいので、すでに勃起しているのだろうか。黒助は好奇心に駆られ、つい加減なしにつまんでしまう。

「あぐっ、ダ、ダメよ……！」

苦痛に顔をしかめる亜美。黒助は慌てて「ご、ごめんなさい」と謝った。

「ここはとっても敏感だから、気をつけてね……」

怒ってはいないようで、亜美は眉をひそめながらも微笑んでくれる。

「触るならこんな感じで……最初はとにかく優しく、優しく、ね」

彼女の指が、触れるか触れないかのフェザータッチで撫で上げた。

すると肉蕾《にくつぼみ》は、じわりじわりと膨らんでいく。黒助は目を見張った。これはまだ勃起する前の状態だったのだ。

「あ、亜美さん――他にはどんな触り方がいいんですか？　教えてください」

「え……ほ、他には、そうね、こんなふうに……あふうぅ」

黒助のリクエストに答えて、亜美はさまざまな指使いを披露《ひろう》してくれる。指の腹で円を描くように撫で回したり、柔らかに当てた指で小刻みなプッシュを繰り返したり
――クリトリスはみるみる膨張し、ついには二センチほどの大玉になった。

（ク、クリトリスって、こんなに大きくなるものなのか……!?）

黒助の人差し指の、第一関節から先端までにほぼ相当するサイズだ。完全な球体ではなく、ソーセージやゼリービーンズを半分に切ったような形状で、まさに女のペニスと称するにふさわしいものだった。

亜美は膣穴から溢れ出した淫蜜を指ですくい取り、フル勃起したクリトリスに塗りつけていく。塗りつけながら撫で擦る。なめらかさを増した摩擦の悦に彼女はますます乱れ、内腿をビクッビクビクッと引き攣らせた。

「あーっ、あぁぁん、いやぁ……これじゃあ私、黒助くんにオナニーを見せつけてるみたい……は、恥ずかしいぃぃ」

みたいではなく、ズバリそのとおりである。大股開きのハーフ若熟女によるオナニーショーに、黒助は激しく興奮した。

彼女の指愛撫は、とても慣れているというか、動きが実に洗練されていた。一瞬も止まることなく、さまざまな指使いで自らの急所を責め続ける様からは、かなりのオナニー好きであることが察せられた。あるいはそうやっていじりすぎたせいで、ここまで巨大なクリトリスに成長してしまったのかもしれない。

亜美は、親指と人差し指でフル勃起した肉豆をつまみ、シコシコと上下に擦る。それはまさに小さなペニスへ手淫を施しているようだった。

その破廉恥極まりない有様に、黒助はたまらなくなる。鈴口からは先走り汁がドクドクと溢れ出し、幹を伝って根元まで濡らしていた。自らもイチモツをしごきたい衝動に駆られ、思わず股間に手が伸びる——

そのとき、亜美が切なげに叫んだ。

「んひいぃ、いやっ、いやあぁ、もう我慢できない……！　黒助くん、お願い、その大きなオチ×ポ、ちょうだいっ」

「あ……は、はいっ」

自分で手コキをするより、セックスの方がいいに決まっている。黒助は大喜びで彼女の股ぐらに迫り、ペニスの先をぬかるむ肉の窪地にあてがった。

ソファーの背もたれに後頭部を預け、マングリ返しに近い格好をしている彼女との、屈曲位気味の結合である。先日、優花に挿入したとき、彼女はとても苦しげだったので、黒助は逸《はや》る心を懸命に抑《おさ》え込《こ》み、慎重に腰を押し進める。

が、最初に多少の抵抗《ていこう》を受けたものの、太マラはさほど労することなく、ズルッと肉門をくぐり抜けた。

（あれ……？）

さらに腰を押し出すと、心地良い摩擦感と共に、巨根は中へ中へと埋まっていく。

どうやら亜美の膣肉は、優花のそれよりずっと柔らかいようだ。大口を広げて、極太のペニスを悠々と呑み込んでいった。

背が高いからだろうか。膣路の奥も深い。行き止まりの肉壁まで亀頭が届いたとき、幹の根元はもはや一、二センチしか余っていなかった。さらに腰を進めれば、あっけなく付け根まで嵌まり込む。

「く……苦しくないですか？」

「ううん、全然」と、亜美は首を振った。「ああ……でも、こんなに大きなオチ×ポは初めてよ。ドキドキしちゃう」

まったく苦しそうな様子はなかったので、黒助は思い切ってピストンを開始する。前戯オナニーで充分に濡れているせいもあるのだろうが、やはり優花のときよりもずっと動かしやすかった。

肉壺の締めつけは優花の方が格段に強かったが、しかし、亜美の嵌め心地が劣るということではない。ペニスが動かしやすければ、抽送はより速く、よりスムーズに行えるわけで、それだけ摩擦快感は増すということである。

「あ、亜美さんの中、とってもいいです……！」

黒助は嵌め腰を加速させ、高まる肉悦に心を躍らせた。一秒間に一往復する程度のリズムが、早すぎず遅すぎず、着実に黒助の射精感を募らせてくれる。

だが、亜美の表情はもどかしげだった。彼女は黒助の両肩をつかんで、すがるように強く握ってきた。

「あぁあん、黒助くん、ねえ、もっと激しくして……！」

「えっ、もっと？　こ、こうですか……？」

黒助はストロークを短くし、その分、腰使いをさらに加速させて、雁エラで膣壁を力強く掻きむしる。

しかし亜美は、駄々っ子のように上半身丸ごとでイヤイヤをし、亜麻色の髪を左右に振り乱した。「あぁン、そうじゃなくて、そうじゃなくて……黒助くんの腰を、思いっ切り叩きつけてほしいの。私、クリイキするタイプだから……！」

亜美は、膣内の性感帯があまり敏感ではないらしく、いわゆる中イキの経験もないという。だからセックスのときは、中よりも外、クリトリスを主に刺激してほしいのだそうだ。

そういうことならと、黒助はストロークを深くして、彼女の股間に腰を打ちつける。

パンッ、パンッ、パンッとぶつかり合うたび、黒助の恥骨が、割れ目からはみ出している大きな肉豆を押し潰した。

途端に亜美は、明らかにこれまでよりも激しく悦び悶える。

「ひっ、ひぃぃん、それっ……それが欲しかったのぉ！　あぁん、嬉しい、クリが、とっても……あっ、あーっ、うぅ、うふっ、気持ちいいぃ」

「こう、こうですねっ……わかりました！」

亜美の悦ばせ方を理解した黒助は、深い挿入でピストンを小刻みにし、クリトリスをひたすらにプッシュしまくった。その勢いで女体が揺れる。巨乳も揺れる。タプタプと乳肉が波打ち、ピンと尖った乳首がまるで嵐の海に浮かぶ浮標《ブイ》の如く翻弄《ほんろう》される。

「はぁん、クリが痺れてきたわ……あ、あうっ、あぁぁ、ジンジンして、たまらない……うっ、ううぅん」

黒助の肩にギュッと爪を立て、亜美は喉を晒《さら》して仰け反った。艶めかしくくねくねと身をよじる。ハァハァと喘ぐ口の中で、彼女の舌も悶えるように蠢いていた。

ハーフ美女の乱れる様は、まるで洋物のＡＶを観ているような気分にさせられる。

黒助は興奮を募らせ、同時に射精感の限界にも迫っていった。

「くうっ……ご、ごめんなさい、とりあえずイッてもいいですか？　僕、まだまだ全然続けられますから……」

セックスが始まってから、ほんの数分しか経っていない。黒助のペニスは相変わらずの敏感さを発揮していた。

しかし、亜美は驚いたり呆れたりすることなく、意外にもむしろ嬉しそうに微笑んでくれた。

「あんっ……黒助くん、イッちゃうの？　うふふ、良かったぁ」

良かった？　黒助には亜美の気持ちがわからなかった。ただ、少なくとも怒られたり、拒絶されたわけではないようである。

それ以上のことを考える余裕もなくなり、黒助は彼女の笑顔を信じて、勢いよくザーメンを吐き出した。

「あ、あ、ほんとにもう、出ちゃいますからね……うっ、ううーッ!!」

繰り返し腰が痙攣《けいれん》して、そのたびに熱い樹液を注ぎ込む。すると亜美は、それが実に心地良さそうに、美貌をはしたなく蕩けさせた。

「あう、ふうぅ……お腹の中で黒助くんのオチ×ポが、ビクンビクン震えてるわ。あぁ、あ、いっぱい出てるぅ。す、凄い量……！」

女壺が精液で満たされていくことに、陶然とした瞳で悦ぶ亜美。

それは男としても、実に射精のし甲斐があるというものだ。黒助は下腹の筋肉に力を込め、最後の一滴まで彼女の一番奥に流し込んだ。

やがて発作が治まったペニスは、思ったとおり、少しも威勢を失っていない。

黒助は少しの間呼吸を整えると、すぐにまたピストンを再開した。

「ああ、凄いっ、あんなにいっぱい、もう二回も出したのに……黒助くんのオチ×ポ、あぅ、んぐ、うぅぅ……！　し、信じられないぃぃ」

黒助の肩をつかむ彼女の手にまたしても力がこもり、爪が肌に食い込む。

しかし黒助は、それも心地良く感じた。美しく肉づいた彼女の太腿を両脇に抱え込むと、昂ぶる獣欲のままに嵌め腰を打ちつける。

「亜美さんのオマ×コが気持ちいいから、チ×ポが勃ちっぱなしなんですよ……！」

そもそも黒助は看護師お墨付きの絶倫だ。だが、今の言葉に嘘はない。亜美の膣穴は相当な大口だったが、それが黒助のペニスにちょうど良かったのだ。

下手をすれば凶器にもなりかねない巨根を遠慮なく抜き差しできる。たっぷりの蜜に蕩けた柔肉は、どんなに荒々しくピストンしても、すべて受け止めてくれる。それは優花の狭穴とはまた違った嵌め心地で、腰を振るだけで心が弾むような快い感覚だった。

「ええっ……私のアソコ……オ、オマ×コ、そんなに気持ちいい……？　んんっ、ねえ、ほんとに？」

女としては気になるところなのだろうか。亜美は、打ち込まれた腰によるクリトリスへの圧迫に喘ぎながらも、じっと黒助を見つめ、答えを求めてきた。

黒助が「はい、もちろん！」と頷くと、亜美は瞳に涙すら浮かべて歓喜する。もしかしたらその涙は、肉悦による随喜の涙だったかもしれないが、とにかく亜美は顔中を幸せの色に染め、黒助の頭を力強く抱き締めてきた。

「嬉しいっ……黒助くん、大好き……！」

「えっ……あ、ぼ、僕も……！」

好きですと言いかけて、でもやっぱり恥ずかしくて言えない。

その代わり黒助は、嵌め腰を轟かせた。荒ぶる腰を打ち込み、破裂音を連続で鳴り響かせる。完全勃起したクリトリスの硬い感触が恥骨に当たると、亜美はヒイイッと牝の悲鳴を上げた。

「はっ、あぁぁ、ううっ……じょ、上手うぅ！　絶対、初めてじゃないわよね？　記憶喪失でも、セックスの仕方は覚えているなんて……黒助くんのエッチぃぃ」

熱く湿った吐息と共に、媚声が鼓膜を震わせてくる。

膣口が甘えるようにキュッキュッと収縮した。膣圧は控えめだったが、豊潤《ほうじゅん》な蜜を含んだ膣襞がペニスの隅々に絡みついてきて、黒助の射精感は、またしても限界間際まで追いやられた。

「お、おうっ……亜美さん、僕、またイキそうです……」

「あぁん、あふっ、黒助くん、さっきイッたばっかりなのに、も、もうなのね？　やぁん、嬉しい、ああっ、いっぱい出してぇ……私のオマ×コで気持ち良くなった証《あかし》を、思いっ切り、ね、注ぎ込んで……！」

早漏こそが、亜美にとっては喜びなのかもしれない。

黒助はたまらなく胸が熱くなった。気がついたら、目からポロリと涙が溢れた。それほど感動していた。

先日の優花は、あっという間に果ててしまう黒助を笑顔で赦《ゆる》してくれて、それも嬉しかったが――亜美は、黒助がたちまち昇り詰めてしまうことをむしろ喜んでくれている。そのことに心が激しく揺さぶられた。

黒助は心のままに腰を振り、自らを高めていく。ほどなく下腹の奥に溜まった熱が臨界点を突破し、大量のザーメンを彼女の中にほとばしらせた。

「う、うぐっ……ウウウーッ!!　おぉ、おおおぉ」

子宮の入り口に向かって、煮え立つ白いマグマを注ぎ込むたび、亜美の顔もこれまでになく強張っていく。彼女は半ば白目を剝き、眉を八の字に寄せて、淫靡な笑みに口元を緩ませた。そして――

「お腹の中が、ああぁん、精液でタプタプになっちゃって……あ、あっ、イッちゃう、イッちゃうわぁ……イッ、イクぅうぅ!!」

亜美も全身をガクガクと打ち震わせた。すらりと長いコンパスを黒助の腰に巻きつけ、黒助の頭を抱きすくめる両腕にも力を込め、身体中でしがみついてくる。

(亜美さんも、イッた……！)

火照った濡れ肌に包み込まれた黒助は、若熟女の甘酸っぱい体臭にうっとりしつつ、愉悦の余韻と達成感に浸った。

だが、まだ満足はしていない。ペニスは相変わらず硬いままだし、感度もまったく鈍っていなかった。アクメの余情にゆっくりとうねる膣壁、その感触だけで、次なる性感が湧き上がってくる。

俗にいう射精後の〝賢者タイム〟などなかった。きっと雷のショックで、黒助の中の賢者は死んだのだ。出しても出しても醒《さ》めるどころか、情欲は昂ぶる一方である。

やがて亜美が手足の力を抜き、ぐったりすると、

「続けますね」と一言。黒助は、腰に巻きついた彼女のコンパスをそっと外した。

「え……？　す、少し休んだ方がいいんじゃない？　だってもう三回も――」

「大丈夫です。亜美さんだって、もっと気持ち良くなりたいですよね？」

黒助は彼女の股間に、グリグリと腰を押しつける。

コリコリした感触が、恥骨にはっきりと感じられた。黒助の陰毛がたわしのように、およそ二センチの特大肉豆を擦り立てた。

「や、やあっ、ンヒーッ！」

牝のいななきを合図に、黒助はピストンを再開する。絶頂したばかりの亜美は、未だ脈打つクリトリスをまたしても押し潰され、さらなる性感に懊悩《おうのう》した。狂おしげに身をよじった。

黒助は女体に顔を寄せ、デコルテから上乳に浮かんだ汗の玉を端から舐め取る。塩気の利いた美味なるしずくで、乾いた喉を潤す。

彼女の腋の下にも舌を進め、馥郁《ふくいく》たる汗と脂のアロマに頭の芯を痺れさせながら、窪みの中を丹念に舐め尽くす。

「……亜美さん、腋毛は剃《そ》らない主義なんですか？」

「ち、違うの、いつもはちゃんと……ひゃあん、くすぐったいぃ」

亜麻色の和毛《にこげ》がジョリジョリと舌に当たった。どうやらアンダーヘア同様、こちらのお手入れもサボっていたようである。味がなくなるまで舐めたあとは、反対側の腋の窪みへ。

　そしてその後は、双乳を両手で持ち上げ、その頂《いただき》の突起に吸いついた。ここにも彼女の匂いが濃厚に染みついていて、黒助は胸一杯に吸い込みながら、レロレロと舌先を使った。

　たちまち突起は硬くなり、亜美は淫声をビブラートさせる。

「あっ、あぁん、ダメぇ、クリトリスと乳首を一緒に刺激されると……あぁ、いやいや、私すぐにイッちゃうのおぉ」

　そんな話を聞かされたら、試さずにはいられなくなる。黒助は左右の肉房を真ん中に寄せると、首を振り振り、二つの突起を交互に舐め転がしては、前歯で甘嚙みを施した。

　当然、嵌め腰ではクリトリスを圧迫し続けている。亜美は狂おしげに身悶えて、獣の如き奇声で「イクッ、イクッ」と繰り返した。緩やかではあるが膣壁がうねりだし、肉棒が優しく揉み込まれる。

　黒助の方も射精感を募らせ、ラストスパートのピストンに挑んだ。たっぷり注ぎ込んだ二発分のザーメンを女壺の中でグチョグチョに掻き混ぜ、膣壁になすりつけるようにペニスを擦りつける。

「アアーッ、なんだか熱いわ、オマ×コの中が……それに、ああ、どうしたのかしら、私、凄く幸せな感じなのぉ……黒助くんのオチ×ポさえあれば、もうなんにもいらないような気がしてきちゃううぅ」

　これも優花が言っていた、精液の幸せホルモン効果だろうか。亜美は身体だけでなく心もトロトロに蕩けているようだった。

(僕も、ずっと亜美さんといられるなら、記憶なんて一生戻らなくても……！)

口と手、ペニスに腰——黒助は全身を使って彼女に奉仕し、同時に己の射精感も追い込んでいく。全身を巡る血が沸騰したように熱くなっていた。

　先に昇り詰めたのは、亜美の方だった。

「こんなの初めてっ……おほっ、おお、おかしくなっちゃう、私……あぁぁ、イクイクッ、イグうぅぅん!!」

　その直後、乳首にしゃぶりついたまま黒助も達する。「うぐぐ、ウムーッ!!」

　本日四度目の射精も長く続いた。だが、亜美のアクメの発作はそれ以上だった。白い柔肌はいつまでも戦慄き続け、過呼吸でも起こしたみたいにヒッヒッと吐息を乱していた。

　黒助は心配になったが、亜美は汗だくの美貌に苦笑いを浮かべ、「大丈夫よ」と答えた。二度目の絶頂は、一度目のそれよりずっと快感が深かった。ただそれだけのことだそうだ。

やがて亜美は両手両脚を投げ出し、魂まで抜け出てしまいそうな溜め息を漏らす。疲れ切った顔で、うふふと笑った。

「こんなにいっぱい中に射精されたのは初めて……。それがこんなに気持ちいいなんて、私、知らなかったわぁ……」

やはり黒助のザーメンの効果なのだろうか。

そのときの亜美の表情は、本当に、心の底から幸せそうだった。

5

亜美はすっかり満足したようだが、黒助のペニスは未だ完全勃起を維持し、頭の中では淫気がみなぎったままだった。

（もっとしたい。もっと亜美さんを悦ばせたい……！）

しかしそのとき、不意に脳裏をよぎるものがあった。

人の顔だ。知らない女だ。

今のは誰だ？

見たこともないはずの女の顔が、頭に浮かんできた――

それはつまり、記憶を失う前の自分が、その女を見たということではないだろうか。

(僕と同じくらいの年の子だったかな。可愛い子だった)

以前の記憶だとしたら、どうして急に思い出したのだろう？

黒助にはなぜか、今のセックスの快感と、その女の子の顔が、記憶の中で繋《つな》がっているように思えた。

根拠はないが、そんな気がしてならなかったのだ。

第三章　偽母と一夜の露天風呂

1

数日後、黒助は亜美に車を出してもらい、先日の診療所で紹介された市民病院に行った。そこで詳しい脳の検査を受けた。

その後、警察にも行って相談してみたが、自分の名前も住所もわからないのでは、身元を調べようがないと言われた。警察に届けられる捜索願いは年間で八万件ほどに上るらしく、仮に黒助の捜索願いが出されていても、照合のしようがないのだとか。

ついでにスマホの修理を行なっている店に行き、黒助のスマホを見てもらった。だが、中の基盤が焼け焦げていて、データを読み出すことは無理だと言われた。

その一週間後、例の市民病院に行って、検査の結果を聞いた。黒助の脳にこれといった異常はなかったという。記憶を回復させる方法はやはり見つからなかったが、その代わりアルツハイマー病や脳梗塞などの危険な状態も確認できなかったそうだ。黒助と一緒に医師の説明を受けていた亜美は、その結果を本当に喜び、帰りにちょっと高めのケーキまで買ってくれた。

そして、その翌日の昼時――。

黒助はいつものようにカフェのカウンター席の隅っこを借りて、本を読んでいた。

亜美は話しかけてこない。読書好きの彼女は、他人の読書の時間も大切にする。

というか、他に客もいないので、彼女もカウンターの中で本を読んでいた。

亜美は脇目も振らず、文庫本のページに視線を落としていたが、彼女とは違って、黒助は読書に集中できていなかった。本を閉じて、こっそりと溜め息をつく。

(こんな日が、ずっと続けばいいいんだけれど……)

黒助は、亜美との生活を楽しんでいた。

シーサイドカフェに居候するようになってから、黒助はコーヒーの淹れ方を教わっている。日に日に上手になっていると、亜美は褒めてくれた。

毎日の食事は亜美が作ってくれる。黒助の着替えの服や下着も買ってくれた。生活のすべての面倒を見てもらっているといっていい。

（でも……それは僕が記憶を失っているからだ）

もし記憶が戻ったら、黒助は、やはり自分の家に帰らなければならないだろう。

いっそのこと、このまま記憶が戻らなくてもいいのではと思ってもいた。

亜美と関係を持った、あの日——。あれ以来、彼女からセックスを誘われることはなかった。あのときの黒助は、二人は心と身体で結ばれたのだと思ったが、亜美にしてみれば、酔ったうえでの一夜の過《あやま》ちだったのかもしれない。

あるいは亜美にとって今の生活は、野良猫の保護をして面倒を見ているような、その程度の感覚なのか。だから黒助という名前が浮かんだのかもしれないし、セックスをしたことも、〝ちょっと遊んであげた〟くらいの気持ちしかないのかもしれない。

それでもよかった。

ここにいられるだけで、黒助は幸せだった。

だから、黒助の方からセックスを迫ることはできなかった。

黒助くんとセックスしたのは、あのときの流れだったの。一回セックスしたからって、次もまたさせてもらえるなんて思わないで。そんなことを言うなら、悪いけど出ていってちょうだい。

もし彼女にそんなふうに言われたら——考えるだけで怖くなった。

あの優しい亜美が、他に頼れる人もいない黒助を追い出すようなことはしない。するはずがないと、思ってはいる。

だが、どういうわけか不安が込み上げた。

まるで以前、女性に酷く冷たくされた経験があるかのように——。

と、不意にあの顔が、脳裏に像を描いた。あのまったく知らない女の子の顔だ。

（あの子は、いったい誰なんだろう……）

そのとき、チリンチリンとドアベルが鳴って、一人の客が入ってきた。

亜美は本を閉じると、その客に向かって親しげに挨拶する。「あら……千世子《ちよこ》さん、いらっしゃい」

黒助は初めて見る客だ。

黒髪のロングヘアがとても綺麗な、上品そうな大人の女性だった。

2

その女性の名は竹林《たけばやし》千世子。シーサイドカフェの一番の常連客で、亜美とはとても仲がいいという。

亜美は、千世子に黒助を紹介した。黒助が記憶喪失であること。そして今、このカフェで亜美と暮らしていること。それを聞かされた千世子は、「ふぅん、そうなの……」と、なにかを察したようにニヤリと笑った。

「うふふ、よろしくね、黒助さん」と、千世子は握手を求めてくる。

落ち着いた雰囲気でありながら、彼女の微笑みはどこか妖しく、黒助はドキドキしながら握手をした。掌や、白魚のような彼女の指は、少しひんやりとしていて妙に気持ちいい。

（亜美さんより、そこそこ年上かな。でも、綺麗な人だ）

切れ長の瞳や、ふっくらとした肉厚の朱唇が印象的な美人だが、黒助の目はどうしても顔より他の部分へ向いてしまった。

なぜならリブニットのセーターの胸元は、亜美のそれよりさらに大きな膨らみで、美しいカーブがくっきりと浮き出ていたのだから。

しかし、店の常連客に失礼な眼差しを向けるわけにはいかない。黒助は理性を全力で働かせ、ついつい下がってしまう視線を懸命に上に戻した。

一方の千世子も、黒助になんらかの興味を持ったようで、他にいくらでも席が空いているというのに、わざわざカウンター席の、黒助の隣に座ってきた。彼女は香水を使っているようで、甘い花の香りがふわっと漂ってくる。

亜美が、千世子が注文した〝オリジナルブレンド〟の準備をしながら、おしゃべりを始めた。人見知りの亜美が、注文を取る以外で客と会話をするのは、実に珍しいことである。よほど親しい仲なのだろう。

「千世子さん、来てくださったのは、確かひと月ぶりくらいですよね。なにかお忙しかったんですか？」

「ええ、まあ、大したことじゃないけれど……今、小説を書いているのよ」と、千世子は答えた。それに夢中になっていて、しばらく店に来られなかったという。

「へええ、そうなんですか」と、亜美は目を輝かせた。

「私も今までに何度か書いてみようと思ったんですけど、結局はお話が作れなくて諦めちゃいました。

「読むのと書くのは違うのよ。私にミステリーは絶対無理って、一回書いてみてよくわかったわ」

黒助は二人の会話に耳を傾け、ちょっとだけ千世子のことを理解する。

どうやら千世子も、亜美に負けないくらいの本好きのようだ。主に推理小説が好きなのだとか。

本を読んでいるうちに、自分も書いてみたくなる。それは本好きあるあるだという。千世子は学生時代にも小説を書いたことがあったそうだが、自分には才能がないと、そのときは諦めてしまったそうだ。

「……でもね、私ももう四十歳だから、人生に悔いを残さないように、今できることはなんでも挑戦してみようと思ったの」

それでひと月ほど前から、執筆を始めたのだという。

「だけど、やっぱり難しいのよね」と、千世子は苦笑いを浮かべた。「私って、そんなに想像力が豊かじゃないみたいなの。自分で経験したことのないものを書こうとすると、すぐに筆が止まってしまうのよ」

執筆中の物語には、主人公たちがリゾートホテルに泊まるシーンがあるという。

だから千世子は、これから取材のために、この近くのホテルに行くのだそうだ。その前にシーサイドカフェに寄ったのだとか。

千世子は、亜美が淹《い》れてくれたオリジナルブレンドを一口すすり、不意に黒助の方へ顔を向けた。

まるで値踏みをするように、まじまじと見つめてくる。

「な、なんでしょうか？」

「ねえ黒助さん……もし良かったら、取材に付き合ってくれないかしら？　黒助さんがついてきてくれたら、とても作品のイメージが膨らむと思うの」

千世子は、自分が書いている小説の内容にできるだけ近いことを体験してみたいのだそうだ。物語の中では、男女の二人組がリゾートホテルに泊まることになっているという。

千世子は黒助を一目見て、その二人組の男の方にイメージがぴったりだと思ったそうだ。主人公ではないが、重要な役割の登場人物なのだとか。

「ねえ亜美さん、構わないかしら？」

「わ、私は別に……。黒助くんが決めることですから」

「あら、そう？　じゃあ——黒助さん、どうかしら？」

千世子は色っぽく首を傾げ、黒助の方に身を寄せてくる。

すぐ隣の席同士だから、今にも肩が触れそうだ。黒助が慌てて身を引くと、千世子はクスッと笑った。なんだかとても恥ずかしくなったが、大人の女の人にからかわれているような感じが、妙に黒助の胸をときめかせた。

結局、黒助は、千世子のお願いを引き受けてしまう。

「ありがとう。じゃあ、今から出られるかしら？」

急な話だが、黒助には特に予定もなかった。亜美も駄目とは言わない。

コーヒーのカップを空にすると、千世子はカウンターに代金を置いて立ち上がり、黒助を促した。わかりましたと、黒助も席を立つ。

「あの……じゃあ、いってきます」と、亜美に向かって頭を下げた。

「はい。取材ってなにをするのかわからないですけど、頑張ってくださいね」

亜美は笑顔で見送ってくれた。

カフェの駐車場に、千世子の車が停まっている。後部座席の真ん中には、鞄などの彼女の荷物が置かれていて、黒助は助手席に乗り込んだ。早速、シートベルトを締める。

千世子が運転席に座り、バンッとドアの閉まる音がした。

その途端、黒助の胸に淫らな期待が込み上げてくるのだった。車という密室の中で、千世子と二人っきり。これから黒助は、この美熟女と一晩を過ごすのだから。

（いやいや、あくまで取材だから。いやらしいことを考えたりしちゃ駄目だ）

首を振って、淫気を振り払おうとする。そして尋ねた。

「と、ところで、竹林さんが書いているのは、どんなお話なんですか？　ミステリーではないっておっしゃってましたけど……」

千世子はにっこりと笑って答える。

「母親が、自分の息子に恋をするお話よ」

「え……？」黒助は耳を疑った。

恋愛小説なのは理解できた。だが、誰が誰に恋をするって？　母親が、息子に？

戸惑う黒助に、千世子は平然と言う。

「官能小説なの」

千世子には一人息子がいて、今年、高校に入学したそうだ。県外の遠く離れた高校で、息子は寮生活を始めたという。おかげで千世子は暇が増えた。なにか始めようと思っていたところ、たまたま一冊の官能小説と出会い、そこからすっかり嵌まってしまったのだとか。

そして今、自ら官能小説を書いているのだそうだ。

「ミステリーを書く才能と、官能小説を書く才能は、また別だと思うのよ。だから思い切って挑戦してみようと思ったの」

黒助は、なにも言えなかった。

(官能小説のための取材って……なにをさせられるんだ？)

シートベルトを締める千世子。ニットセーターの胸元にベルトが食い込み、なんとも艶めかしい眺めとなる。

淫らな期待感は、もはや高まる一方だった。

千世子はエンジンをかけ、駐車場から発車させた。

3

亜美は溜め息をこぼす。黒助がいなくなった店内は、妙に寂《さび》しく感じられた。

一生懸命、見ないようにしていた自分の中の嫉妬心が、沸々と湧き上がって、もう無視できなくなる。黒助を千世子に取られたような気がしてならなかった。

(黒助くん、このまま帰ってこないなんてことないわよね……?)

会ったばかりなのに、千世子は黒助のことをかなり気に入っていた様子だった。

千世子はいわゆるセレブである。夫は準大手ゼネコン企業の社長の息子。長男なので、いずれは社長の座を継ぐのだとか。つまり千世子は、未来の社長夫人だ。

その気になれば、黒助に住まいを与え、すべての生活の面倒を見てあげることも難しくないだろう。それこそ、ペットを一匹飼うくらいの感覚で。

(黒助くんも、その方が幸せ……?)

亜美は顔をブンブンと振って、不安を振り払おうとする。

(黒助くんだって、ここでの生活を気に入ってくれているはず)

彼と暮らすようになって、亜美も、毎日がとても楽しかった。最初は、人見知りの自分が見知らぬ男と同居することに大きな不安があったが、今では彼と一緒にいることが、とても普通の、自然なことのように思えている。まだ半月も経っていないというのに。

(なんでだろう。黒助くんといると、なんだかとても落ち着く)

昔可愛がっていた猫の黒助と雰囲気が似ているからだろうか。

いや、それだけではないだろう。

黒助とセックスをしてしまったとき、亜美は強《したた》かに酔っていた。が、そのせいで我を忘れ、過ちを犯してしまったのだとは思っていない。

自分でも気づかぬうちに、亜美は黒助に心惹《こころひ》かれていたのだ。酔った勢いでその感情が溢れ出し、彼と身体の関係を持ってしまったのだろう。

だから後悔はしていない。もう一度抱かれたいと思っている。

しかし内気な亜美には、自分から黒助を誘うことはなかなか難しかった。

(黒助くんが帰ってきたら……お酒の力を借りて、またエッチに迫ってみようかな)

嗅覚に、黒助のペニスの牡臭が蘇ってくる。それだけで亜美はたまらなくなった。

幸いというか、店内に客は一人もいない。

ムラムラと沸き立つ感情に逆らえず、亜美はスカートを大きくたくし上げた。

そしてカウンターの天板の角に、パンティ越しに股間を押しつける。少し膝を曲げると、ちょうど股ぐらが角に乗っかった。

「あ、あっ……うふぅ」

カウンターに両手をつき、慣れた動きで腰を揺らして、秘唇の内側をグリグリと刺激していく。いわゆる角オナである。

小学生のとき、放課後の教室の、初恋だった男子の机で目覚めて以来、今でも愛好しているオナニーの仕方だ。他人から奥手に見られがちな亜美だが、実際は多淫な女で、黒助との同居を始める前は、思春期男子もかくやというほど、毎日のオナニーを欠かさなかった。二回、三回の日も珍しくなく、黒助が来てからも、浴室や寝床で声を殺して、一日一回は必ずやっている。

客が来ないのをいいことに、店内でスリリングな行為を愉しむのも初めてではなかった。一応、外に注意を払いつつ、淫らに腰をくねらせ、カウンターの角で割れ目を抉る。すぐにクリトリスが充血を始める。

膝の力を抜き、股間への体重のかかり具合を調節すると、指よりもずっと強烈な圧迫感が、膨らみだしたクリトリスにかかっていった。

（こんなオナニーばっかりしているから、クリが大きくなっちゃったのかしら……）

しかしやめられない。割れ目からはみ出すほどに肥大した肉豆が、じかに角の圧迫を受ければ、下半身は快美感に痺れ、もはや勝手に腰が動いてしまう。

「ああん、黒助くん、私、こんなにスケベな女なの……。黒助くんにクリトリスいじってほしい。舐めたり、噛んだりも……あ、ウウウッ！」

両手で服の上から乳房を揉み込んだ。乳首とブラジャーの裏地が擦れる微悦、そのもどかしさに、ますます官能が燃え盛った。

「いやあぁ、もうダメッ……イッ……イクぅぅ!!」

やり慣れているだけあって、あっけなく絶頂に至る。膝がガクガクして立っていられなくなる。そうなると亜美の体重のほとんどが、カウンターの角に乗っかった股間にかかった。アクメに達したばかりのクリトリスに、これまで以上の圧迫感が襲う。

「んひぃぃ！　お、おほっ、おおぉ、ヒギッ……！」

あと少しで理性が飛びそうになっていた。が、そのとき、店の扉の外に人の気配がした。亜美は慌ててカウンターから離れ、めくれ上がっていたスカートを戻し、

「い、いらっしゃいませ」

火照った頰で客を出迎えた。

客はコーヒーを注文して、カウンター席へ座る。

亜美は自分の定位置に戻ろうとするが、そのとき、カウンター席の角がヌラヌラと濡れ光っていることに気づいた。まだ拭いてなかった！　客に気づかれる前にそのぬめりを布巾で拭き取り、ぐっしょりと濡れたパンティの不快感をひた隠し、亜美はカウンターの中へと戻っていったのだった。

4

千世子の車がシーサイドカフェから県道に出て、走り続けること十五分ほど。なにもなかった海沿いの通りに、レストランやカフェ、サーフショップなどの商業施設が少しずつ増えていった。通行人の姿も見かけるようになる。

「シーサイドカフェの辺りとは、ずいぶん雰囲気が変わりましたね」

「この辺りは海岸が砂浜だから、夏場は海水浴客がいっぱい集まるのよ」

と、千世子が教えてくれた。つまりここはレジャースポットなのだ。洒落《しゃれ》た海辺の街並みに黒助は見入った。

今晩泊まるリゾートホテルもこの近くにあるという。

だが、そこに行く前に、千世子には寄りたい場所があるそうだ。

砂浜に面した有料駐車場に、彼女は車を停めた。海水浴場としてのハイシーズンは九月までで、十月の今、他に停まっている車は二、三台しかない。

そこから少し歩いたところに、大きな水族館があった。

千世子が今書いている作品は、〝仕事の忙しい母親が急に休みが取れたので、愛しい息子を誘って旅行に出かける〟というストーリーなのだという。母と息子、二人っきりで水族館へ行くシーンもあるのだとか。

「じゃあ、この水族館も、大事な取材場所なんですね」

「ええ、そうなの。それでお願いなんだけど、できるだけ作品の内容に近い体験をしたいから、今から私たち、親子ってことにしてくれるかしら？」

作品のリアリティのため、そこまで徹底したいという。

「えっと……じゃあ僕は、その息子の役を演じなきゃいけないんですか？　難しそうですね……」

「役者みたいに完璧に役になりきってほしいわけじゃないの。そういう雰囲気だけ味わわせてくれたら、私もイメージがより膨らむから」

　だから名前も本名のままでいいそうだ。

「あなたのことは――そうね、黒助さんだから、〝くーちゃん〟って呼ばせてもらってもいいかしら？」

「くーちゃんですか……は、はい」

「ふふっ、ありがとう」微笑む千世子は、なんだかとても楽しそうだった。「じゃあ私のことは、お母さんとかママとか呼んでちょうだい」

〝ママ〟はさすがに恥ずかしかったので、黒助は〝お母さん〟と呼ぶことにする。

　窓口で千世子にチケットを買ってもらい、水族館の中へ。夕方の四時過ぎという時間帯のせいか、子供連れの家族よりカップルの方が目立った。

　水族館の通路は、プロジェクションマッピングを使って海の中をイメージした映像が映し出されていた。薄暗い中、水槽からの光がとても幻想的で、どの魚たちもまるで海の妖精のようだった。まさに恋人たちにぴったりの雰囲気である。

（でも、今の僕たちは親子なんだよな……？）

　そう思っていると、不意に千世子が黒助の手を握ってきた。え？　と、黒助は驚く。

「くーちゃん、暗いから、はぐれないようにね？」

「ぼ……僕、そんな子供じゃないよ」

精一杯の演技で、彼女の息子らしい反応をしてみた。ちょっと照れくさい。

しかし、悪くない気分だった。

四十歳とは思えぬ若々しさと、四十歳らしい成熟しきった大人の魅力を併せ持っている千世子は、まさに美魔女と呼ぶにふさわしく、そのうえ誰の目にも明らかな巨乳で、ニットセーターの胸元を張り詰めさせている。

彼女連れの男でも、千世子の艶美《えんび》さには、目をやらずにいられないようだった。

黒助は、千世子とのままごとのようなやり取りが、まだ少し恥ずかしくもあったが、それ以上に、こんな美人と手を繋いで歩いていることが、とても誇らしく思えた。

周囲から二人はどう見られているのだろう。やっぱり親子か？　それとも——

「見て、くーちゃん、ペンギンさんが歩いているわ。うふふ、可愛いわね」

くーちゃんと呼ばれて耳がくすぐったかった。が、さらに千世子は、ぴったりと身を寄せてくる。手を繋いだ状態で、互いの肩まで密着して——黒助はドキッとするが、千世子は穏やかに微笑んでいた。

(自分の息子に恋している母親の話を書いてるって、さっき言ってたよな)

千世子は自分の書いている物語の主人公になりきって、愛《いと》しい息子とのデートを楽しんでいるようである。

　水族館に入館してからというもの、彼女はスマホでたくさんの写真を撮っているが、執筆のための資料写真ではなく、水槽を背景にした自撮りのツーショット写真など、単にデートの記念写真を撮っているみたいだった。自分の考えた物語を実体験することで、作品にリアリティを出そうということなのだろうか。

　黒助たちは、水槽の中で優雅に漂うクラゲの群れをしばらく眺めた。

　周囲には同じようにクラゲを眺めているカップルがいくつもいて、なんだか黒助も、その集団に交ざってしまったような気がした。隣にいる千世子のことが〝お母さん〟とは思えなくなり、彼女の胸の膨らみを、こっそりと間近から鑑賞《かんしょう》するのだった。


　水族館は午後五時で閉館し、黒助たちは外に出た。

　夕焼けで赤く染まった空、水平線に沈む夕陽。駐車場に戻った二人は、自販機で買った飲み物を片手にしばし海を眺め、それから車に乗り込む。

　今夜の宿泊場所であるリゾートホテルには、ものの数分で到着した。

　取材のために、千世子はわざわざ二人部屋を予約していた。もちろん当初は一人で泊まる予定だったので、ホテルのフロントで「息子と来るはずだったのだけど、その息子が、急に都合が悪くなって――」と言うつもりだったらしい。

が、黒助という息子役がちょうど見つかったというわけである。

チェックインをすると、案内係が部屋まで連れていってくれた。

和と洋が交ざった、実に雰囲気の良い部屋だった。ドアの周りや窓際などはフローリングになっているが、座卓を囲むくつろぎの空間は畳敷きで、とても居心地が良かった。畳に直接寝っ転がってもいいが、壁際には据え付けのソファーがあり、座面の奥行きがベッド並みに広く、そこで横になることもできた。ソファーで横になると、反対側の壁に設置されたテレビがちょうど見やすい高さになって、なんとも心憎い。

さらにこの部屋は、海沿いのホテルならではのオーシャンビューで、しかもインナーバルコニーには露天風呂《ろてんぶろ》が設置されていた。地上五階から、見渡す限りの海を眺めつつ湯に浸《つ》かれるのである。

浴槽は広く、二人でも充分に入れそうだった。

黒助は込み上げてくる妄想を振り払う。

「あの……ね、ねえ、お母さん、夕食の時間まではまだちょっとあるし、僕、その前に大浴場に入ってくるよ」

取材のために泊まりに来たホテルで、わざわざこの部屋を選んだということは、千世子は、やはりこのバルコニーの露天風呂に入るつもりなのだろう。

　黒助が大浴場へ行けば、その間に、千世子は黒助の目を気にすることなく、この部屋の露天風呂に入れるだろう。バルコニーの窓には一応ブラインドシャッターが下ろせるようだったが、黒助としても、美熟女がすぐ隣で露天風呂に入っているというのは、さすがに気まずい。いたたまれない。

　しかし——千世子は首を横に振った。

「せっかくこんな見晴らしのいい露天風呂がお部屋についているんだから、くーちゃんもこっちに入りましょうよ。ね？」

「え……？」

　戸惑う黒助に、千世子は一瞬素《す》に戻って説明する。

　母と息子で一緒に露天風呂に入るシーンを書きたいのだと。その参考とするために、この部屋を選んだのだと。

5

　ホテルの大食堂での、バイキング形式の夕食。黒助はこの後の露天風呂のことを考えずにはいられなくて、味はおろか、なにを食べたのかもほとんど頭に残らなかった。

夕食を済ませた後、二人で部屋に戻ると、

「それじゃあ、早速お風呂にしましょうね」と言って、千世子はニットセーターを脱ぎだす。

「ほ、ほんとに一緒に入るんですか……？」

「ええ——親子なんだもの。一緒にお風呂に入ったって、ちっともおかしくはないでしょう？」

ニットセーターに続いて、スカート、スリップ、パンティストッキングも脱ぎ、千世子はそれをソファーに重ねていった。完熟期を迎えつつ、なおも磨《みが》き抜《ぬ》かれた艶美ボディが露わになっていく様に、黒助の目は奪われてしまう。

見事な腰のくびれと、相反するようにたっぷり肉づいた腰回り。その脚は、脂の乗り切った太腿から膝頭を経て、なめらかな曲線を描き、キュッと締まった足首へと至る。優れた芸術家か、あるいは神が作り上げたかのように美しく、それでいてまるで性器のように扇情的だった。

ブラジャーが外されれば、思ったとおりの巨乳が現れる。やはり亜美より一回り大きく、しかも形がほとんど崩れていなかった。いわゆるロケット乳だ。

（凄い、漫画みたいだ……！）

そのインパクトによって黒助が唖然としている間に、千世子はパンティを脱ぎ、ヘアクリップでロングヘアを後ろにまとめる。大人らしい色気がさらにアップした。

大食堂で夕食を食べていたときから、なんとか弱火に抑え込んでいた黒助の情欲が、今や勢いよく燃え盛り、牡のシンボルは一瞬にして最大体積に膨れ上がる。慌てて股間を隠す黒助。

するとと千世子は、微笑みながら甘ったるい猫撫で声で尋ねてきた。

「うふふ、どうしたの、くーちゃん。なにを隠しているのかしら？」

千世子は明らかに、黒助の股間の有様に気づいている。

「だ、だって……お母さんの裸が……」

「お母さんの裸が、なぁに？」

思っていたよりも、ずっと、遙かに——エロすぎた。

「お母さんの裸が、その……こんなに綺麗だなんて思わなかったから」

「まあ……ありがとう、くーちゃん。うふふふっ」

千世子は片手を頬に当て、演技ではなく本当に嬉しそうに肩を揺らした。

「お母さんね、いつまでもくーちゃんの自慢のお母さんでいられるように、毎日ピラティスを頑張っているのよ。ふふふっ、その甲斐があったわ」

ピラティスというエクササイズは、インナーマッスルを鍛えるのが特徴だという。だから彼女の身体は美しく締まっているが、ゴツゴツした筋肉質ではない。

千世子は〝母親〟にしては少々色っぽい表情で近づいてきて、「さあ、次はくーちゃんよ」と、黒助の服を脱がせてくれた。「ほらほら、バンザイして」

一児の母だけあって、千世子は慣れた手つきで黒助を裸にしていく。ズボンを下ろした彼女は、ボクサーパンツの膨らみに目を見張った。しかし、すぐに気を取り直したようにズボンから両足を引き抜き、続いてボクサーパンツをずり下げる。

途端に飛び出す十八センチの巨砲。それを見た千世子は、びっくりした様子で「まあ……！」と声を上げた。これほどの巨根だとは思っていなかったのだろう。

「お、お母さん、くーちゃんのオチ×チンがこんなに立派になっていただなんて、全然思ってなかったわ……」

ペニスに話しかけているかのように、まじまじと見つめながら千世子は呟いた。

「小さい頃はとっても可愛いオチ×チンだったのに、こんな逞《たくま》しい……す、凄いわ」

蝶が花に誘われるように、千世子は若勃起に顔を寄せ、小鼻をひくつかせる。

「ああ、男の人の匂い……」うっとりと彼女は目を細めた。

「お、お母さん」

「あ……ご、ごめんなさい」

千世子は、膝で止まっていたボクサーパンツを最後まで脱がせてくれる。

共に全裸になると、千世子に手を引かれてシャワーブースへ。シャワーブースには出入り口が二つあり、入ってきたときとは別の出入り口の方から、露天風呂のあるバルコニーへ直接出られるようになっていた。

電話ボックスより一回り広い程度のシャワーブースは、二人で入ると少々狭く感じられる。が、その閉塞感がまた淫気を誘った。

「じゃあ、お母さんがくーちゃんを綺麗にしてあげるわね」

「え……じ、自分で洗えるよ」

「お母さんが洗ってあげたいの。いいから遠慮しないで」

まずは背中。タオルで優しく撫でられて、少しくすぐったい。

続いて尻から両脚。それが終わると千世子は、黒助の後ろから両手を前に回し、腹部から胸板を洗ってくれる。タオルを乳首に擦りつけるときの力加減はなんとも妖しく、快美感がゾクッと込み上げる。

しかも彼女が後ろから抱きしめてくるような格好なので、あの巨乳が、背中に何度もムニュッと押しつけられた。黒助は情欲に焦がれ、そそり立つ肉棒の先から先走り汁をドクドクと垂《た》らす。

「じゃあ、最後は……ここね」

ホテルのアメニティのボディソープをしっかり泡立てると、千世子は、今度は掌でじかにペニスに塗りつけてきた。

「あぁ、あああ……う、うぅ」

最初の頃は勃起するだけでかなりの痛みを伴ったものだが、今では軽い疼痛が脈打つ程度になっていた。だが、淫らな刺激に対する感度は、相も変わらずの敏感さである。ソフトタッチの手筒で竿を撫でられ、雁のくびれを念入りに擦られ、黒助はたまらず声を震わせた。

「お、お母さん、そこを、そんなにされたら……！」

「駄目よ。ここは一番汚れが溜まるところなんだから。しっかり洗わないと」

泡まみれの背中に、巨乳がヌルヌルと滑る。千世子も感じているのか、背中に当たる乳首が硬く尖ってきて、黒助はその感触に背中をゾクゾクさせた。

千世子のそれは、もはや身体を洗う行為とは呼べなくなり、片手で泡ペニスをしごいては、もう片方の手で陰嚢《いんのう》を優しく撫で回し、揉みほぐしてくる。

それはもう、明らかに射精を促す愛撫だった。

「ううっ……出ちゃうよ」

「まあ、オチ×チンが気持ち良くなっちゃったのね。お母さん、くーちゃんのオチ×チンを綺麗に洗っていただけなんだけど」

白々しい嘘が耳元で囁かれる。

「ごめんなさいね。お母さんのせいよね。いいわ、このまま射精しちゃいなさい。ううん、それとも別の方法がいいかしら？」

「別の方法……？」

その場で反転するように、千世子が言ってきた。そのとおりにすると、千世子は黒助の前で膝立ちになり、両手で巨乳を寄せ集めた。

その谷間に、ペニスを挟んでくれる。

「パ、パイズリ……!?」

「オチ×チンをオッパイで擦られると、男の人は気持ちいいのでしょう？」

泡まみれの肉棒が、ボリュームたっぷりの乳肉の狭間《はざま》でヌルリヌルリと擦られた。

「ほら、ほら……うふふ、どうかしら、くーちゃん？」

「うわぁ、あぁぁ……す、凄いよ、お母さんのオッパイ」

自在に形を変えて包み込み、ペニスの凹凸の奥まで吸いついてくる、その柔らかさ。そのうえ、モチモチした弾力も素晴らしく、小気味良い圧迫感と共に、泡のぬめりでヌルヌル、ヌチャヌチャと摩擦される。

また、千世子は乳奉仕のテクニックもしっかりと心得ていた。膝を使って身体を上下に揺らし、ペニスの先から根元までを谷間に滑らせつつ、両手で鷲づかみにした肉房を巧みに操って、リズミカルな圧迫感を演出したり、亀頭や雁首を揉みくちゃにしたりした。

(これがパイズリ……。気持ち良すぎて、もう……!)

母性の象徴である乳房に、牡肉を愛撫されている。その眺めにも興奮させられた。元より手コキで充分に高まっていたイチモツは、瞬く間に臨界点へ追い込まれた。

「だ、駄目だ、もう……んっ、んんぉ……お母さん、僕っ……!」

「んふぅ、お母さんのオッパイでイッちゃうのね? いいわ、見せて。くーちゃんが思いっ切り射精するところ、お母さん、見たいわ」

千世子は黒助を励まし、乳摩擦を加速させる。パイズリの悦は極まって、黒助はあっけなく限界に達した。

「で、出るっ……お母さん、イクよ、あ、あっ、おうぅぅ!!」

ビクンと腰をしゃくり上げ、黒助は噴水の如く白濁液をほとばしらせる。

「ああぁん、凄い勢い……！　出てる、出てるぅ、あう、う、うむっ」

天井まで届かんばかりに噴き上がったザーメンは、二発目、三発目と勢いを弱めていき、千世子の頭だけでなく、その顔にも大量にぶち撒《ま》けられた。

セレブマダムの美貌は、みるみる牡汁に汚されていく。しかし彼女は厭うことなく、それどころか幸せそうに頬を緩め、次第に発作を鎮めていくペニスに最後まで見入っていた。

シャワーブースの中は、青臭いザーメンの匂いで満たされる。

千世子はうっとりと呟いた。「くーちゃんのオチ×チン、オッパイの中で駄々っ子みたいに暴れてたわ……うふふ」

6

「ねえ、くーちゃん、シャワーで私の手を流してくれるかしら」

千世子に言われて、黒助は彼女の手の泡を洗い流した。すると千世子は自身の顔に張りついたザーメンを指で拭って、その指を丹念に、なんとも旨そうにしゃぶった。

その有様《ありさま》に興奮した黒助は、次は自分が彼女を洗ってあげたいと思う。無論、身体の隅々まで。

が、千世子がくしゅんと可愛らしいくしゃみをした。

二つ折りのガラス戸の向こうは外。十月の夜の空気は少々冷える。

「くーちゃんは先にお風呂に入りなさい」千世子は黒助の手からシャワーヘッドを取り、黒助の身体の泡をさっと洗い流した。

「だけど僕も、お母さんを洗ってあげたいな」

「ありがとう。でも、くーちゃんが風邪引いちゃうかも。さあさあ、お母さんも急いで洗って、すぐに行くから」

仕方なく黒助は、ガラス戸を開けてバルコニーに出た。目の前に広がるのは、月明かりに照らされた静かな大海原。実に美しい眺めだが、全裸でバルコニーに立っていると、さすがに緊張感を覚える。誰が見ているわけでもないが。

潮の香りを孕《はら》んで、やや冷たい風が吹きつけてきた。やはりここはシャワーブース以上に身体が冷える。黒助は急いで湯船に飛び込んだ。

ほどなくすると千世子もシャワーブースから出てきて、夜空と海の眺めに感動の声を上げてから、湯船に入ってきた。ぴったりと黒助に寄り添ってくる。

「ああ……とってもいいお湯ね」

吐息混じりにしみじみと呟く千世子。

二人でしばし夜の海の景色を楽しんだ。月に叢雲《むらくも》の夜空と合わさり、言葉にできぬほどの絶景だった。だが、絶景はもう一つある。

壁に埋め込まれたライトの仄かな明かりが、完熟した女体に艶めかしい陰影を与え、さらなる官能美を演出していた。そんななか、千世子の美巨乳が湯面にぷかぷかと浮いている。男として、目をやらずにはいられなかった。

「……くーちゃんったら、お母さんのオッパイがそんなに気になるのかしら？」

「あっ……ご、ごめんなさい」

チラチラと見ていたのが、あっさりバレてしまった。

「うふふっ、いいのよ。ねえ、触ってみる？」

「いいの？」

「もちろんよ。くーちゃんはこのオッパイを吸って大きくなったんだもの。これはくーちゃんのオッパイよ」

千世子は黒助の両肩に手を載せ、対面座位のようにまたがってくる。そして、さあどうぞと、ロケット巨乳を突き出してきた。

黒助はドキドキしながら両手で触れる。下から鷲づかみにすると、掌にずっしりとくる。これがぷかぷか浮いていたのだから、なんとも不思議だ。

掌から優にこぼれるほどの乳肉を、心を込めて揉みほぐす。

「お母さんのオッパイはほんとに大きいね。これ、何カップなの?」

「まあ、お母さんのオッパイの大きさが気になるの?　うふふ、Gカップよ」

文句なしの巨乳だ。しかも全然形が崩れていないのだから、きっと〝自慢のお母さん〟でいるために、バストへのケアも欠かしていないのだろう。

二本の指で乳首を軽くつまむと、「あん」と可愛い声を上げる千世子。

(僕のオッパイっていうんだから……もっといろいろしてもいいんだよな?)

黒助は乳首に吸いついた。様子を見るように舌でそっと舐め上げると、

「あぁ、ああ……ふうぅん……お母さん、なんだかとっても嬉しいわ。くーちゃんにまたオッパイ吸ってもらえて……ん、んふぅ」

千世子の両腕が、黒助の頭を愛おしそうに抱きしめてきた。

黒助は乳首をいったん吐き出し、「お父さんは吸ってくれないの?」と尋ねる。

エッチな質問をして、ちょっと〝お母さん〟を困らせてみたかったのだ。確かに千世子は困ったように眉をひそめたが、

「お父さんはもう、お母さんのオッパイには興味ないみたいなの。お仕事が毎日忙しくて、それどころじゃないみたいね」

その言葉はしんみりとしていて、ちょっと寂しげだった。

黒助は顔も知らぬ〝お父さん〟に苛立《いらだ》ちを覚える。大きさも形も完璧といっていいこの美巨乳を、男として、どうして放っておけるのかと。なんてもったいないことをするんだと。

なにより、千世子に寂しい思いをさせているのが赦せなかった。黒助は息子役に入り込みすぎてしまったのか、本当に自分の母親が蔑《ないがし》ろにされているような気がしてきたのだ。

「……そうなんだ。じゃあこのオッパイは、僕だけのものなんだね」

「ええ、そうよ。くーちゃんだけのオッパイよ。だから、舐めたり、噛んだり、もっといっぱい好きにしちゃっていいの――あ、あぁん」

黒助はもはや遠慮なく乳首を舐め転がし、充血して硬くなったところに前歯を食い込ませては、乳肌にキスマークをつける勢いで、頬を窄ませて吸い立てる。千世子は悩ましげな声で乱れ、露天風呂の湯面がバシャバシャと波立った。

さらに黒助は右手を湯船に潜らせ、千世子の股の付け根を探った。

「ああん、くーちゃんったら、そっちも触りたいの？」

「うん、駄目？」

「う、ううん、駄目じゃないわ。くーちゃんがしたいなら、なんでもさせてあげる」

千世子は立ち上がると、浴槽の縁に腰掛け、ゆっくりと股を広げた。

綺麗な逆三角形にトリムされた恥毛と、その下の割れ目を、隅々まであからさまにする。埋め込み式ライトの微光では、バルコニーはやや薄暗く、媚肉の色まではよくわからなかった。黒助は目を凝らす。

セレブの彼女は女性器すらしっかりとケアしているのか、すっきりとした形の花弁は、肉のスリットからわずかにはみ出している程度だった。薄闇の中で、妖しく濡れ光っていた。

「これがオマ×コなんだね。僕、初めて見たよ」

もちろん嘘だが、そう言うのが自然のような気がした。

すると千世子は、嬉しそうに相好を崩す。「まあ、女の人の性器を見るのは初めてだったのね。ううん、いいのよ、別に早ければいいってものじゃないもの。うふふ、じゃあお母さんが、くーちゃんに女の人のアソコのことを教えてあげるわ」

これが大陰唇、これが小陰唇よと、千世子は一つ一つ説明してくれた。恥じらいな

がらもラビアをつまんで、左右にペロンと広げ、

「こ、このビラビラの間にある穴が、膣よ。ここからくーちゃんは生まれてきたの」

「へえ……こんな小さな穴から出てきたんだ。凄いなぁ」

セレブマダムが自らの手で恥裂をあからさまにしている。その破廉恥な姿に興奮しつつ、黒助はさらに顔を近づけ、膣口の肉が微かに蠢く様まで観察した。

「ああ……そんなにじっくり見られたら、いくらなんでもお母さん恥ずかしいわ」

イヤイヤと肩を揺らす千世子だったが、どこか嬉しそうにも見える。Gカップの膨らみもプルプルと揺れて、彼女の股ぐらから見上げた黒助には、巨大な双丘の躍動する様は実にダイナミックに感じられた。

しかし黒助は気持ちを切り替え、改めて熟れ肉の割れ目に向き合う。

おもむろに手を伸ばし、膣穴に人差し指を差し込んだ。中は、今浸かっている湯よりも熱く、たっぷりの女蜜に潤っていた。人差し指はあっさりと第二関節まで潜り込む。ヌプヌプと指を出し入れしながら、反対側の手で、まだ肉のカバーに包まれたままのクリトリスを優しくさすった。

「あふうっ……くーちゃんったら、そこはクリトリス……。は、初めてなのによく知っているわね」

「それは……が、学校で習ったんだ。性教育だよ」

「まあ、今はそんなことまで教えてくれるのね……あ、ううぅん、そんなに撫でられたら……」

ムクムクと膨らんでいったクリトリスを、黒助は包皮をめくって剝き出しにする。充血し、コリコリと硬くなったそれは、小指の爪と同じくらいの大きさにまで勃起していた。が、亜美の巨大豆よりはずっと小振りである。

「やだ、くーちゃん、上手すぎ……初めてなんて嘘みたいだわ」

黒助は聞こえなかったふりをし、左右の手を駆使して、さらに女陰を責めていった。みるみる恥蜜の量は増え、粘り気のある淫音が漏れてくる。千世子が切なげに呻《うめ》くたび、太腿の内側がひくついて、ピクッピクッと艶めかしい筋が浮かび上がった。

「お母さん、気持ち良さそうだね。でも僕、もっともっと気持ち良くしてあげたいな。ねえ、どういうふうにされるのが好き？　教えてよ」

「あぁ、あぅん、お、お母さんは、指でされるんだったら……」

千世子が教えてくれたのは、いわゆるＧスポットへの愛撫だった。

彼女に言われた場所を指で探ると、膣路の天井の一部に、他の部分よりざらついた肉壁があった。それがクリトリスに勝るとも劣らぬ女の泣きどころ、Ｇスポットの目印だという。

黒助は指の腹でグッグッと押してみる。途端に彼女はヒッと叫んで、顔を仰け反らせ、その勢いで危うく後ろに倒れそうになった。

あまりの反応の良さに黒助は楽しくなり、さらにプッシュを繰り返す。指先を押しつけるようにしながら、人差し指を抜き差ししたりもした。千世子はブルブルと膝を震わせていたが、やがて切羽詰まった声を上げる。

「ま、待って、くーちゃん、それ以上は……んんんっ！」

「駄目だよ、お母さん。大きな声を出したら、他の部屋のお客さんに聞こえちゃうかもしれないよ？」

「ご、ごめんなさい……だけど、お母さん、もう……！」

「イッちゃいそうなの？」

千世子は悩ましげに美貌を歪め、コクコクと頷いた。

「本当？　じゃあイッてよ。僕も、お母さんがイクところを見たい」

「く、くーちゃんがそう言うなら、お母さん、ええ、見せてあげたいけど……んんーっ！　こ、この体勢のままだとぉ」

この体勢だと？　黒助には、彼女の言わんとしていることがわからなかった。

それゆえに好奇心に駆られ、なおも人差し指の抽送を続けた。むしろ指先を引っ掛けるようにしてGスポットを擦りあげる。空いている手では、剝き身の肉真珠をキュッキュッとつまんだ。

女の急所を二つ同時に責められた千世子は、肉悦に抗うように下唇を嚙み、舞い上がってしまう身体を繫ぎ止めるかの如く、浴槽の縁を力一杯つかんで、女体を狂おしげによじっていたが——喉の奥から牝の啼き声を漏らし、その声はどんどん大きくなり、やがて絶頂を迎えた。

「うぅ、んぐうぅぅぅ……だ、駄目、イッちゃう、イクぅぅぅ……!!」

途端に膣穴の少し上から、透明な液体が噴き出した。

液体は放物線を描き、黒助の口元にかかる。それはピュッ、ピューッと、まるで射精のように繰り返され、黒助だけでなく、湯船にも注《そそ》がれた。

(これは……!?)

その後、後ろに倒れそうになる千世子を、黒助は慌てて抱き止める。

「だ、大丈夫?」

「ご……ごめんなさい、くーちゃんのお顔に……お湯の中にも出しちゃったわ」

「今のは……オシッコなの?」

「違うわ……違うの、今のは……」

潮吹《しおふ》きだと、千世子は言った。Ｇスポットで気持ち良くなると、つい出てしまうことがあるという。尿道口から噴き出すが、小水とはまた違う液体なのだとか。

「オシッコじゃないんだ。へえ……」

黒助は口元にかかった液体を、思い切ってペロッと舐めてみた。

味はしなかった。生温かいだけで、匂いも特にない。

確かに尿ではなさそうだ。それならば嫌悪感も湧かない。もっとも、千世子のような美熟女の尿だったら、顔にかかったところで汚いとは思わなかったかもしれない。

これが潮吹きかと、黒助は胸を熱くした。そして千世子を絶頂させたことを思い出し、さらに誇らしい気分となった。

湯船の中では剛直がそそり立ち、自分の出番を待ち焦がれるようにピクッピクッと打ち震えている。きっと先走り汁もたくさんちびってしまったことだろう。

「お母さん、僕……お母さんとしたい」

黒助は立ち上がり、股間の有様を千世子の前に突き出した。

「親子でそんなことしちゃいけないってわかってるけど、でも、したくてたまらないんだ……」

なにかが乗り移ったみたいに、そんな言葉が口から出てきた。

潮吹きアクメ後の千世子は、ハアハアと疲れたみたいに肩で息をしていたが、

「ああ……くーちゃん、お母さんとしたいのね？　セックスがしたいのね？」

その言葉を待っていたとばかりに、千世子は瞳を輝かせる。

両手を伸ばし、黒助の頬をそっと挟んでくる。

「いいのよ、難しく考えなくても。くーちゃんはお母さんのお腹から出てきたんだから。そのお腹にまた入るだけよ。ね？」

「う……うんっ」

母親に優しく諭された子供のように、黒助は何度も頷いた。

お母さんと一つになれる。身体中をその歓びに満たして――。

7

ハッと黒助は我に返った。自分が自分じゃなくなってしまいそうな、奇妙な感覚だった。僕はくーちゃんじゃない。黒助だ。亜美さんがつけてくれた名前だ。

でも、そもそも黒助だって、本当の僕じゃない……。

不意に不安が込み上げてくるが、黒助は首を振って、頭の中のモヤモヤを振り払った。そんなことを考えてもしょうがないのだから。

目の前には素晴らしい美熟女がいる。今はこの人が僕のお母さんで、僕とセックスをしてくれるというのだ。考えてもしょうがないことに悩んでうじうじしていたら、バチが当たるというものだ。

黒助は心を切り替え、千世子とのセックスに専念することにした。

千世子が、まずは自分がリードすると言う。黒助はまた湯船に腰を下ろし、そこへ千世子がまたいできた。対面座位で結合する。

「あぁ、ん……くーちゃんが私の中に……」

ゆっくりと腰を下ろしていく千世子。ズブ、ズブ……と、剛直が女の中を突き進んでいった。ぽってりとした熱い蜜肉を掻き分け、やがて亀頭が膣底まで届く。根元が五センチほど余っていた。

「おううっ、奥まで来たぁ……す、凄く大きいわ。まるで腕が入っているみたい。ごめんなさい、ちょっとこのままでいさせてね……」

肩や腰をピクッピクッと震わせながら、千世子は苦しげに深呼吸する。

しばらくすると、巨根による拡張感にも多少は慣れたようで、千世子は黒助の両肩に手を載せ、スクワットの如き逆ピストン運動を開始した。

ピラティスとやらで膣回りの筋肉も鍛えられているのだろうか。柔らかな熟膣でありながら、かなりの膣圧がペニスにかかってくる。

一方、黒助の方は極度の太マラだ。当然、強力な摩擦が生じる。それに加えて、湯の中では抵抗が生じるのだろう。抽送はとても緩やかだった。

それでも早漏体質の黒助の敏感ペニスは、充分な肉悦を得る。温かな湯船に浸かっていることもあり、ゆったりとした気分で快美感に浸ることができた。

「ふうぅ……お母さんの中、とっても気持ちいいよ」

「本当？　ふふふ、嬉しいわ。くーちゃんのオチ×チンもとっても逞しくて、お母さん……オ、オマ×コが裂けちゃいそうなのに、それがとってもいいの。ジンジンして、ゾクゾクして……ああん、こんなセックスは初めてよ」

千世子の膣壺は亜美ほど深くなく、まだ巨根のすべてが嵌まりきってはいない。

しかし徐々に膣肉もほぐれてきたようで、ピストンは少しずつ加速していった。弾む美巨乳が湯面を打って、黒助の顔に飛沫《しぶき》を飛ばす。

黒助はたっぷりと実った桃尻を鷲づかみし、五本の指でモミモミし、心地良い弾力を愉しみながら、抽送を介助するように持ち上げる。ズブズブと肉杭が埋まったら、また持ち上げる。

繰り返すことで着実に挿入は深くなり、とうとう根元までズッポリと嵌まった。

「うあっ、んふぅ……くーちゃんが、あぁ、奥に、めり込んでくるぅ」

千世子は黒助の太腿に着座して、艶めかしく腰をグラインドさせる。亀頭が、押し潰した膣底の肉をグリグリとこね回し、千世子はその美貌をはしたなく蕩けさせた。

「お母さんは、オマ×コの奥も気持ちいいの？　Ｇスポットとどっちが好き？」

「え？　そ、それは……どっちも好きよ」

千世子ははにかみながら答える。「でも奥は、指ではちょっといじりづらいのよ。だからセックスでは、せっかくならオチ×チンで奥をいっぱい突いてほしいわ」

「それって……Ｇスポットは自分でいじれるから、セックスのときはチ×ポで奥を責めてほしいってこと？　お母さんも、オナニーとかするんだね」

「や、やぁん、くーちゃんったら……意地悪なこと言わないで」

千世子は露天風呂で火照った顔をますます赤くし、幼い子を叱るみたいに〝めっ〟と睨みつけてきた。

しかし、否定はしない。ということは――

黒助は、セレブの美熟女が自らの指で恥穴をいじっている姿を想像し、激しく劣情を昂《たか》ぶらせる。

そんな黒助の頭の中を察したのか、千世子は恥じらいの表情のまま抽送を再開し、黒助の上で女尻を弾ませた。意地悪な〝息子〟にお仕置きをするように、逆ピストンはさらに激しさを増し、膣路もギュウギュウと肉棒を締めつけてくる。

「あっ……くうぅ、お、お母さん、僕、そろそろ……」

限界が迫っていることを、黒助は正直に告げた。

千世子は満足そうに微笑み、ええ、いいわよと、快く射精を許してくれる。

「くーちゃんは……はっ、ああっ、オチ×チンが、とっても敏感みたいね。でも、若いんだから気にしなくていいのよ」

その言葉は、黒助の心の深いところに響いた。

「さあ、思う存分……んふっ、ふふっ、お母さんの中に注ぎ込んでちょうだい」

「あ、ありがとう、お母さん……僕、イクよ、うっ……ウウーッ!!」

甘美な摩擦快感に黒助は身を委ね、最奥の膣肉に亀頭がしゃぶられた瞬間、多量の精を吐き出す。千世子は天井を仰ぎ、腰を細かく震わせた。

「あ、あーっ、出てる、奥に当たってるわ。量も勢いも、す、凄いぃ」

子宮口を抉るように鎌首をのたうたせ、本日二度目のザーメンをほとばしらせた黒助。だが、異常なまでの絶倫体質の本領発揮は、まだまだこれからである。

「ハァハァ、お母さん、今度は僕が動きたい」

「まあ、続けてできるのね。いいわ、くーちゃん、頑張って」

千世子の背中を浴槽の内側に預け、今度は正常位で黒助が腰を振った。

やはり湯の抵抗はあるが、若々しくムッチリした太腿を両脇にしっかりと抱え、互いの身体を固定させて、力強く腰を打ちつける。バシャバシャと湯面が波打ち、浴槽の縁から溢れていく。

悩ましげに首を振り、さらに乱れていく千世子。

「ああ、嬉しい、幸せ……お母さんね、ずっとくーちゃんとこうしたかったの。セックスしてほしかったのぉ」

上品な美貌が愉悦に溶けていく。それでもなお淫らな母親の演技を続ける千世子に、黒助は感心する。いや、これは本当に演技なのだろうか？

彼女には母子相姦の願望があるのかも。息子が一人いるらしいが、その息子とセックスすることを本気で望んでいるのかもしれない。

生々しすぎる淫母の有様に圧倒されて、黒助はまたしても、彼女の実の息子になったような気がしてきた。記憶を失った頭脳に、千世子が母親として刷り込まれる。幼稚園の遠足で、一緒に山に登ったような。小学校の授業参観日に彼女が来てくれて、あまりの艶美さに教室中がざわついたことがあったような。

(僕は、お母さんとセックスしてるんだ……!)

実の母親と禁忌を冒《おか》している。そんな背徳感が黒助の官能を狂わせた。

「ひっ、ひっ、か、感じる、んんーっ! お母さん、イッちゃいそうよぉ」

アクメが近いことを告げる千世子。だが、彼女以上に黒助は高まっていた。

新たな射精感が膨れ上がり、黒助は我慢することなく前立腺を解放する。

「うぐっ、ウウーッ!! は……はぁ、はぁ、ふっ!」

勢いよく樹液を噴き出しながら、なおもピストンを続行。

敏感な亀頭をポルチオにめり込ませ、苦痛混じりの摩擦感に歯を食い縛る。

「んひいいっ、くーちゃんの精液で、お母さん、お腹いっぱい……あ、あっ、グチョグチョに掻き混ぜられて、あ、溢れちゃいそうっ」

「外に出した方が、良かった?」

千世子は愉悦に美貌を歪ませて、ブルブルと首を振った。

「う、ううん、いいの、お母さん、くーちゃんのすべてを受け止めてあげたいから……! くーちゃんがたくさん出してくれると、なんだかとっても幸せなのぉ」

これも母親の喜びなのかしらと、喘ぎ交じりに譫言《うわごと》のように呟く。

それはきっと、例のザーメンの幸せホルモン効果もあるのだろう。

「ああっ、もうダメッ、ひぃ、イイッ……く、イク……イクッ!!」

癇癪《かんしゃく》を起こしたみたいに肉壺が震えだし、黒助は歯を食い縛った。精子混じりのカウパー腺液がドクドクと溢れる。

やがて戦慄きが治まり、千世子はぐったりとした。

しかし、黒助はわずかな休息も与えない。丸々と実った桃尻を両手で抱え込み、ペニスを挿入したまま女体を持ち上げる。

「ああっ、くーちゃん、なにを……!?　ひ、ひぃぃんっ」

湯船の中を歩き、壁際へ移動する。一歩歩くごとに、女の中心を串刺しにした剛直がポルチオをグリグリと抉った。

浴槽に接したバルコニーの壁に千世子の背中を預け、続けて対面立位で腰を使う。

「あううっ、お、お母さん、今、イッたばかりなのにぃ……おほおぉ、おおっ！」

「まだまだ、もっとイカせてあげる。お母さんをもっと幸せにしてあげたいんだっ」

アクメに爛《ただ》れた膣肉をグサッ、グサッと刺突して、倒錯の親孝行に励む黒助。

「はっ、はあっ、ああぁん、嬉しい……！　ね、くーちゃん、お願いがあるの。お母さんじゃなくて、ママって呼んでちょうだい」

「え……マ、ママ？」

思わぬ要望に、黒助は思わず嵌め腰を止めた。

「そうよ……恥ずかしい？　そうよね、くーちゃんはもう子供じゃないんだから」

千世子は真っ直ぐに見つめてくる。その眼差しは力強く、どこか寂しげだった。

「でも……ね、私、くーちゃんがちっちゃかった頃みたいに、またママって呼んでほしいの。駄目かしら……？」

その言葉に込められた痛切さが、黒助にも伝わってくる。

「うん……わかった、いいよ」

母を慕《した》う息子としての言葉が、自然と口から出た。

「大好きだよ、ママ。子供の頃からずっと」

「まあ……ああ、くーちゃん……！」

千世子はその顔を、オルガスムス以上の歓喜に染めた。「嬉しい、ママ、とっても嬉しいわ……ああっ！」

膣口も、幸福の極みに打ち震えるように、キュッキューッと収縮する。

黒助の胸にも熱いものが込み上げてきた。その思いを叩きつけるように、再びピストンを轟かせた。湯の抵抗から解放されたので、抽送はどこまでも加速していく。

結合部に激しく腰を打ちつけ、硬く張り詰めたクリトリスを恥骨でプッシュ。

「嬉しすぎて、ママ、またイッちゃいそうっ！」

そのとき、潮風に乗ってかすかな人声が流れてくる。

なにを言っているのかまでは聞き取れなかったが、楽しげな声だった。きっと他の部屋の客が、黒助たちのように客室の露天風呂に入っているのだろう。

「ママ、声が大きいよ。他のお客さんに聞こえちゃう」

そう言いながらも、黒助はピストンを加減しない。

「ああっ、ごめんなさい……でも、もう気持ち良すぎて、ママ、声を抑えられないわ……！　ねえ、くーちゃん、ママの口を塞《ふさ》いで」

甘える唇に誘われて、黒助は彼女に口づけした。

途端に千世子の舌が侵入してくる。母子の愛情表現ではあり得ない、艶めかしい舌の交わり。粘膜同士が擦れるくすぐったさに、黒助は背筋をゾクゾクさせた。口内に流れ込んでくる甘い唾液を、躊躇うことなく喉に流し込む。

（ううう、イ、イクッ!!）

上と下の摩擦快感が甘美を極め、黒助はまたしても射精。膣底に押しつけた亀頭が脈打ち、膨らみ、煮えたぎるザーメンが噴き出した。直接、子宮に注ぎ込むように。

「むぐうぅ、ンンンーッ!!」

千世子の両腕が、黒助の頭を固く抱きすくめる。

彼女も昇り詰めたようで、膝をガクガクと震わせ、やがて背中を壁に擦りつけるようにズルズルと女体が沈みかけた。しかし、剛直による串刺しで倒れることは許されず、アクメに蕩けた膣底に亀頭がめり込むばかり。

「ふっ、ふぐっ、んおおぉ……!」

黒助はキスを解き、彼女の身体を抱きしめたまま、いったんペニスも抜いた。

セレブマダムの美貌《ほう》は呆けたように半ば白目を剥き、朱唇の端からダラダラとよだれも垂らして、はしたないアヘ顔を晒していた。

(ママ、なんてエロい……!)

今にも倒れそうな女体を支えながら、ホテルの部屋の中に戻る。

ベッドまで連れていき、千世子を仰向けに寝かせた。美熟を極めた女体は、だらしなく股を広げ、ひっくり返った蛙のように両脚を投げ出されている。

ぱっくりと開いたままの膣口から三発分のザーメンが溢れ、鼻提灯《はなちょうちん》の如く白い玉を作り、パチンと弾けた。その卑猥な有様に、黒助の劣情は燃え盛る。

女体を反転させ、強引に後背位の体勢を取らせた。美しい丸みを帯びた豊臀を突き出させると、白蜜をドロドロに滴らせている牝花を一息に貫《つらぬ》く。

ビクッと千世子が顔を上げた。「く、くーちゃん、まだするの⁉」

「うん、したいんだ」

お願い、ママ——と囁けば、千世子はもう言いなりだった。

「あぁあぁ……い、いいわ、くーちゃんの気がすむまで何回でも……ママが、ママが全部受け止めるっ……！」

もう声を我慢しなくてもいい。美臀が赤くなるほど嵌め腰を叩き込めば、千世子は発情期の獣のように吠えまくる。

牡と牝の粘液が天然のローションとなり、繰り返された抽送で膣肉はこれ以上なくほぐれ、黒助は獣欲のままにピストンを轟かせる。容赦なく熟壺を掘り返す。

「ママのオマ×コ、くーちゃんのオチ×チンの形に広がっちゃってる！　くーちゃん専用のオマ×コになっちゃってるぅ！」

「じゃあ僕が責任持って、これからもママを悦ばせてあげるよっ」

「ああーっ、嬉しいっ！　これからもずっと、ずっと……！　いっぱいママを愛してちょうだい！　イ、イイ、イグーッ‼」

いつわりの母子の蜜戯は、夜がふけるまで続いた。

8

翌日、チェックアウト前に客室のテレビを眺めながら、二人でまったり過ごした。

「ねえ、黒助さん」千世子はもう、元の彼女に戻っていた。「おかげでとてもいい体験ができたわ。協力してくれてありがとう」

「いえ、こちらこそ」黒助は昨夜のことを思い出し、照れ笑いを浮かべる。「作品作りに活かせそうな体験になりましたか？」

「ええ」と千世子は微笑むが、その後、美貌を曇らせて溜め息をついた。

「うちの息子ね……少し前から私のこと、全然無視なの。反抗期なのかしらね」

「そ、そうなんですか……？」唐突な告白に黒助は戸惑った。

「ええ、寮のある高校を選んだのも、私の顔を見たくないからじゃないかしら。年頃だから仕方ないって思っても、そこまで拒絶されたらやっぱり寂しいわ。だから、母親と息子の近親相姦物語なんて書きたくなったのかもしれないわね……」

なるほどと、黒助は理解する。

しかし黒助は、彼女の息子の反応は、ただの反抗期ではないのではと考えた。

むしろ逆で、彼女の息子は、この魅力的すぎる母親を一人の女性として意識してしまったのではないだろうか。そのことに悩み、あえて千世子を避けるような態度になってしまったのでは――

そのとき、テレビ画面のワイドショーにとある人気アイドルが映った。

「あっ⁉」と、黒助はつい声を上げてしまう。

そのアイドルの顔は、亜美とセックスをしたときに黒助の脳裏に蘇った、あの女の子とまったく同じだったのだ。

(この子だ。間違いない)

記憶の中の彼女は、国民的なアイドルグループでセンターを務める〝梶原《かじわら》能理子《のりこ》〟だった。

第四章　八人の乱れる美淑女

1

五日後の昼過ぎ、千世子がまたシーサイドカフェにやってきた。

黒助はいつものカウンター席に座り、亜美に借りたパソコンを使っていた。

千世子は当然のように黒助の隣に座り、「うふふ、黒助さんはなにをしているのかしら？」と尋ねてくる。

「調べものです。インターネットで」と、黒助は答えた。

黒助が思い出したあの女性が、人気アイドルの梶原能理子だとわかってから、彼女に関係するものをいろいろとネットで調べてみた。黒助との間になにか繋がりが見つかるのではないかと期待して。

まず梶原能理子は一人っ子で、兄弟はいないようだった。ということは、黒助が彼女の家族ということはなさそうである。

彼女のファンということも考えられた。記憶喪失の黒助が、唯一彼女の顔だけは思い出せたのだから、とても熱心なファンかもしれない。しかしSNSなどを調べてみたが、人気アイドルのファンとなると、なにしろ数が多かった。この中に自分がいるかもしれないが、プロフィールを確認するだけでも相当な時間がかかりそうである。

ファンではなく、テレビ局や芸能事務所の人間という可能性もあった。が、ここ最近で、そういう人が失踪したというニュースも見つからなかった。

黒助が倒れていた崖の名称を合わせて検索しても、それらしい結果は得られなかった。「人生疲れた」「死にたい」と投稿しているアカウントも見て回ったが、それが自分である確信はまったく得られなかった。

「そう――じゃあ結局、なにもわからなかったのね」千世子は黒助の顔を覗き込んでくる。「そのわりには、あまりがっかりしていなさそうね」

「え、ええ、まあ……」

当ては外れたものの、ここにいられる理由がなくならなかったので、少しほっとしてもいた。

「ふうん……ここの居心地がいいからかしら？」

千世子は含みのある言葉と共に、カウンター内の亜美に視線を向ける。亜美は頰を赤らめてうつむいた。

「……ところで、ねぇ黒助さん、明後日は暇かしら？」千世子は黒助の方に椅子をずらし、甘ったるい猫撫で声で尋ねてきた。

「え……いや、特に用事は……ないですよね？」

「え、ええ」と、亜美は頷く。「黒助さんにお願いしたいことはないです」

最近の黒助は、亜美の代わりに商店街に買い出しに行ったりもしていた。が、それ以外は、せいぜいカフェの近くを散歩する程度で、なんの予定もない。

「そう、それは良かったわ、うふふっ」黒助の肩に、しなだれるように身を寄せてくる千代子。「じゃあ黒助さん、私の執筆のために、また協力してくれないかしら？」

黒助のおかげでだいぶ筆が進んだが、また別のところでつまずいたらしい。

今度は、千世子の家に来てほしいそうだ。

また淫らな母親と息子を演じるのだろうか。黒助は亜美に気取られないように平静を装《よそお》って、「いいですよ」と答える。

「本当？　ありがとう。助かるわ」千世子はにっこりと微笑んだ。

それから伝票を持って席を立つ。彼女が店に来てから三十分ほどしか経っていなかったが、今から帰って、夫が帰ってくるまで、また執筆に耽《ふけ》るのだそうだ。

会計を済ませた千世子は、ウキウキした様子で店を出ていく。

すれ違いざま、黒助の耳元に唇を寄せ、

「じゃあ明後日、迎えにくるから、よろしくね、くーちゃん」

亜美には聞こえないように、彼女はそっと囁いた。

千世子が帰った後、黒助と亜美の二人だけになったシーサイドカフェは、妙な沈黙に包まれた。亜美はなにか言いたげだったが、結局、なにも言わなかった。

前回、千世子と一泊して帰ってきた日も、亜美は同じような態度だった。普通なら「どこに泊まったの?」とか「二人でどんなことをしたの?」とか尋ねてきそうなものである。しかし亜美は、千世子の件にはいっさい触れてこなかった。そんな亜美の様子が、逆に黒助を不安にさせた。もしかしたら、千世子とセックスしたことに気づいているのかもしれない、と。

(だとしたら、亜美さんはどう思っているんだろう……?)

黒助のことを、人妻とセックスするふしだらな男だと思ったのだろうか?

あるいは、ただただ驚いた?　呆れた?　気まずく思った?

さもなくば――嫉妬した？

黒助と亜美の関係は、未だになんの変化もない。

（亜美さんにとって僕は、ただの同居人なのかな？　それとも……）

一瞬、目が合うと、亜美はその顔に微笑みを浮かべた。

ただ黒助には、無理して笑っているようにも見えた。

2

翌々日の土曜日。午前中に千世子が迎えにきた。

彼女の車に乗ると、一時間ほどかけて大きなビルの集まる都市部へ。ちょうど昼時となり、黒助は鰻屋へ連れていってもらった。特上の鰻重をご馳走してもらう。

記憶を失った黒助は、鰻重の味に感動した。鰻重というものの存在は覚えていたが、これほど美味しいとは思わなかった。

「鰻って、こんなに美味しいんですね」

「なにか思い出す？」

「いいえ。もしかしたらこんな上等なものを食べたのは初めてかもしれません」

黒助の食べっぷりに、千世子は嬉しそうに目を細める。

「お代わりしてもいいわよ。いっぱい食べて精をつけてちょうだい」

昼食後、再び車に乗ると、今度は十分ほどで彼女の住まいに到着した。

それは天高くそびえる高層マンションだった。黒助は首を仰け反らせて、感嘆の声を漏らす。何階建てか数える気にもなれない。千世子に尋ねると、なんと三十階建てだそうだ。

エレベーターは六基もあり、下層階用、中層階用、上層階用とそれぞれ二基ずつ。

千世子に続いて上層階用のエレベーターに乗り込む。彼女の部屋は二十五階だという。

「あの、今さらですけど、今日は旦那さんは……？」

「うちの人は朝から出かけているわ。大丈夫よ」

千世子の夫はキャンプが趣味で、帰ってくるのは明日だという。

千世子は瞳に妖しい光を宿して微笑み、二人っきりの空間で黒助の手を握ってきた。

指と指を絡める恋人繋ぎ。黒助は胸をときめかせ、股間を疼かせる。

エレベーターを降りて、千世子の住む部屋へ。リビングダイニングに通された。

「飲み物はコーヒーでいいかしら？　一応、コーラもあるけれど」

「あ、いいえ、コーヒーで結構です」

千世子は微笑むと、楽にしていてちょうだいと言って、リビングダイニングに繋がるキッチンへ向かった。黒助はいかにも高級そうな革張りのソファーに腰掛け、そわそわしながら部屋を見回した。なんて広いリビングダイニングだろう。ここだけで、シーサイドカフェの一階部分のすべてが収まりそうだ。

それなのに、ごちゃごちゃと物が置かれていない。テーブルやソファー、テレビなど、リビングダイニングに最低限必要なものだけがある。ただ、そんな家具類の一つ一つが、一般的な家庭では確実に持て余すほどの大きさだった。

壁の一面は、床から天井まで届く大きな窓ガラス。二十五階からの青空のパノラマが広がっていた。見下ろす地上の建物はまるでジオラマのよう。そして、遙か遠くには海も見えた。窓際に立つと、あまりの高さにちょっとだけ膝が震えるが、こんな風景を眺めながら生活するのはさぞ気持ちがいいだろうなとも思う。

しばらくして千世子が戻ってくる。黒助はおや？　と思った。彼女が持っていたトレイにはコーヒーサーバーとカップが載っていたのだが、カップが四つもあった。

そのとき、インターホンのチャイムが鳴る。

千世子はトレイを置いて、インターホンのモニターに向かって対応した。そして、「黒助さん、ちょっと待っていてね」と言い、リビングダイニングから出ていく。

戻ってきた千世子は一人ではなかった。二人の女性が、千世子の後ろに立っていた。

「黒助さん、紹介するわ。私のお友達の富美代《ふみよ》さんと沙希《さき》さんよ」

「え……？　は、はぁ」

千世子が四人分のカップを用意したのは、黒助と彼女自身、そしてこの二人の友達のためだったようだ。となると、どうやら急な来客ではないらしい。

二人が黒助に自己紹介をする。木虎《きとら》富美代と鬼束《おにづか》沙希。富美代はその微笑みになにやら威厳を感じさせる女性で、まるでどこかの学校の校長先生のような雰囲気だった。なかなかに豊満な熟女で、タイトスカートからムッチリした生の太腿が伸びている。

一方の沙希は、スリムなデニムパンツがよく似合っていて、眼鏡の奥の眼差しはキリッと凛々《りり》しい。どちらも千世子に劣らぬ美女だった。

二人とも自分に自信があるからか、あっさりと年齢を教えてくれる。富美代は千世子より年上の四十三歳で、沙希は三十二歳だという。

富美代はコンサルティング会社の社長の娘で、彼女自身も専務を務めていた。威厳のある雰囲気も納得である。千世子と同じくこのマンションの住人で、結婚もしており、十六歳と十三歳の子供がいるという。

沙希は、富美代のコンサルティング会社の社員で、富美代が専務になる前は、上司と部下の関係だったそうだ。だから今でもとても仲が良いのだとか。沙希の方も既婚者だったが、五年前にすでに離婚していて、七歳の息子を一人で育てるシングルマザーだという。

「あ、あの、黒助といいます。どうも」

黒助は背筋を伸ばして直立し、深く頭を下げた。が、頭の中は混乱状態である。てっきり今日は、また千世子と二人っきりで、例の倒錯したままごとに興じるのだと思っていたのだ。なのに——千世子がこの二人の美女を呼んだのだろうか？　だとしたら、どういうつもりなのだろう。

「黒助？　それ、名字なの？」と、沙希が眉をしかめた。すると、千世子が黒助の代わりに説明してくれる。黒助が記憶喪失で、名前も仮のものであることを。

「ふぅん、じゃあ、どこの誰だかわからないってことですか。まあ、千世子さんの知り合いだっていうなら、信用はしますけど」

そう言いながらも、沙希の黒助への眼差しは訝《いぶか》しげなままだった。

千世子は苦笑いする。「ま、まあ、まずはコーヒーでも飲みながらお話でも……」

と、カップにコーヒーを注ごうとする千代子を、富美代が制した。

「いいえ、それは後《あと》にしましょう」

そして、鋭い視線を黒助に向けてくる。値踏みをするように、頭のてっぺんから爪先まで。「見た目は——美形というわけではないけど、まあ、悪くもないわね。じゃあ、早速だけど脱いでちょうだい」

「……は？」

「は？　じゃないわよ。いいからさっさと脱ぎなさいっ」

今度は沙希が、強い口調で命令してきた。「千世子さんから聞いているわよぉ。あなた、アソコが相当大きいらしいじゃない。それ、早く見せて」

この二人は、初対面の黒助に、ペニスを見せろと言っている。

黒助は目顔で、千世子に説明を求めた。千世子は申し訳なさそうにしながらも、バレてしまった悪戯《いたずら》を誤魔化すみたいに薄笑いを浮かべる。

「実は……今書いている小説の最終章を、最初の案からちょっと変えたのよ」

相思相愛となった母親と息子のラブラブセックスではなく、３Ｐ、４Ｐのハーレムプレイに変更したというのだ。これまでそういうプレイをしたことのない千世子は、またしても筆が止まってしまい、やはり体験しなければと考えたそうだ。

「〝母親が自分の息子に恋をするお話〟って言ってませんでしたか⁉」

「そうなんだけど……母親と息子のセックスだけだと、どうしてもワンパターンになっちゃって、最後まで話が持たないのよ」

だから物語の終盤を盛り上げるために、乱交プレイの展開にしたという。その〝取材〟のため、富美代と沙希の二人にも協力してもらうことにしたのだとか。

「今日は私も一応参加するけど、黒助さんのメインのお相手は、富美代さんと沙希さんにお願いしているわ」

乱交プレイの様子を、富美代や沙希の行動をしっかりと観察するため、今日の千世子は裏方的な立ち位置でいるという。

（それならそうと、前もって言ってくれたら良かったのに……）

千世子とのセックスを期待していた黒助は、戸惑いを禁じ得なかった。

事前に説明したら、黒助が断るとでも思ったのだろうか。確かに、会ったこともない女たちとセックスしてと言われていたら、いくらやりたい盛りの黒助でも、多少は躊躇《ちゅうちょ》したかもしれない。

ただ、千世子とはタイプが違うが、富美代も沙希も、充分すぎるほど魅力的な女性だった。しかも千世子まで加われば４Ｐ。男の夢のハーレムプレイである。こんなチャンスを逃したら一生後悔するだろう。

わかりましたと、黒助は言おうとした。だが、すでに痺れを切らした沙希が、黒助の上着のパーカーを強引にめくり上げてくる。

「ちょっと、いつまで待たせる気？　ごちゃごちゃ言ってないで、早く脱ぎなさいって。ほらぁ！」

「わ、ちょ、ちょっと……！」

パーカーに続いてTシャツまであっという間に脱がされてしまい、その間に富美代の手が、慣れた様子でズボンとパンツをずり下ろした。

露わにされたペニスは、戸惑いのせいで縮こまってしまっていた。六センチほどの項垂《うなだ》れた陰茎を見て、富美代と沙希は露骨に眉をひそめる。期待外れと、顔に書いてあった。

呆れたような蔑《さげす》むような視線を受けて、ますます萎縮《いしゆく》する黒助の息子。

すると、不意に千世子が後ろから抱き締めてくれた。「大丈夫ですよ、黒助さん。落ち着いて」

母親の愛情を思わせる優しい抱擁。彼女の温もりが緊張をほぐし、美巨乳の感触も背中に心地良かった。さらに千世子は、黒助の首筋に啄《ついば》むようなキスを施し、舌先でチロチロと舐めてくる。甘美なくすぐったさにゾクゾクする黒助。

ムクムクと陰茎が充血しだした。ゆっくりと鎌首をもたげながら、ついには元の三倍ほどのサイズまで膨張し、青筋を浮かべて力強く反り返る。

若茎のあまりの変貌ぶりに、富美代と沙希は揃って目を真ん丸にした。

我が子を自慢するように、千世子がフフンと鼻を鳴らす。

「どうですか、お二人とも。黒助さんのオチ×チンは凄いでしょう?」

「そ、そうね」と、富美代は頷いた。が、「でもね、千世子さん、オチ×ポはただ大きければいいってものじゃないのよ。今からしっかりと確かめさせてもらうわ」

富美代が服を脱ぎ始め、沙希もそれに続く。富美代の下着は上下お揃いのようで、白地に黒の薔薇模様が美しく刺繍《ししゅう》された、布の質感も上品なセレブらしい下着だった。

沙希の方は、ブラトップ——キャミソールの内側にブラジャーのカップがついた下着を着ていて、それをめくり上げると、綺麗な形の豊乳がプルンと顔を出した。

(うわぁ、この人たちの裸……全然違うタイプで、どっちもエロい)

富美代の身体は、千世子以上に熟しきっている。しかしその分、ウエストや足首などが若干多めに肉づいていた。

だが、それもまたいい。まさに豊麗《ほうれい》であり、豊艶だった。露わになったバストは爆乳と呼ぶにふさわしいボリュームで、微妙な崩れもあったが、それがかえって男の情感に訴えてくる。甘熟しきったフルーツを思わせる有様に、食欲までもそそられた。

富美代はブラジャーとパンティを脱いだ後も、ガーターベルトとストッキングだけは残していて、脱ぎかけのようなはしたなさが、さらなる官能美を演出していた。

そんな爛熟《らんじゅく》ボディから、続けて沙希の方に目を向けると、パンティも脱ぎ去った彼女の裸体は、逞しいほどに鍛えられたものだった。筋肉でゴツゴツしているわけではなかったが、大人の女らしい柔肉はどちらかといえば控えめである。

この高層マンションにはスポーツジムが併設されていて、ここの住人ではない沙希も、一般会員としてよく通っているのだとか。アスリートのような健康美は、その賜《たま》物《もの》なのだろう。

千世子とはまた違うベクトルで磨き抜かれた、美しく眩《まぶ》しい女体。だが、それ以上に黒助の目を引くものがあった。

それは彼女の股間だ。まるで幼女の如く、まったくの無毛だった。

(剃《そ》ってるのかな……?)

気になったが、どうも沙希は気が強い性格のようなので、下手な質問をすると怒られてしまうかもしれない。黒助は疑問を呑み込み、視線を上げる。

富美代の爆乳と、沙希の美豊乳。その素晴らしい眺めに改めて見惚《みと》れると、富美代は満足げに微笑み、もったいぶることなく教えてくれた。沙希はDカップ。そしてなんと、富美代はJカップだそうだ。

「J……す、凄いですね」

「ふふっ、男の人は本当に大きな胸が好きね。触ってみる？　いいわよ、ほら」

どうぞと爆乳が突き出される。黒助はちょっと躊躇い、チラリと千世子の様子をうかがった。目が合うと、千世子は頑張ってと言わんばかりに頷く。学芸会で舞台に出た子供へ、母親が来客席からそうするように。

かりそめの母の応援に背中を押されて、黒助は、富美代の爆乳に掌を被せる。そっと、二、三度揉んでみる。

その乳肉は本当に柔らかく、たやすく指が食い込んだ。この大きな肉房が、掌の中でなくなってしまいそうだった。

富美代に促されて、沙希も乳房を黒助の前に出す。遠慮がちに黒助が揉むと、こちらは驚くほどの弾力で、柔らかいのに指が奥から押し戻された。二人の乳房を交互に揉むと、その感触の違いに感動する。同じオッパイでも、こんなに違うのか！

と、不意に沙希が、黒助の股間の屹立をギュッとつかんできた。

黒助は「おうっ」とみっともなく呻いて、思わず腰を引く。

沙希はニヤリと笑った。「まったく……長さだけじゃなく、太さも呆れるほどね。

握ろうとしても、親指と人差し指がくっつかないじゃない」

そして彼女の手筒が、幹を往復し始める。やや乱暴な手コキだったが、やはり異性の掌の感触は良い。敏感な若勃起はたちまち先走り汁をちびった。

「あら、もういやらしいお汁が出てきちゃった。ふん、だらしがないわね」

体育会系のしごきの如く、沙希はさらに手筒を加速させる。

すると富美代が床に膝をつき、ペニスに顔を寄せてきた。小鼻をひくつかせ、顔をしかめる。「凄い匂い……。これからセックスをするっていうのに、シャワーも浴びていないのね。まったく、若い子はマナーを知らないから困るわ」

そう言いつつも富美代の鼻先は、今や汚れた肉棒にくっつかんばかり。彼女の鼻息が忙しく亀頭に吹きかかった。富美代は眉間に皺を寄せながら、しかし頬は発情の証に赤らんで、さらに黒助の恥臭を鼻腔に吸い込んでいる。

「ごめんなさい、富美代さん。私も気がつかなかったです」と、千世子が謝った。ただ、その顔には微かな笑みを浮かべていて、あまり申し訳なさそうではない。

千世子は黒助が特濃牡《おす》フェロモンを発しているのを知っているのだ。

「うちのバスルームで、今からざっと身体を洗ってきてもらいますか？」

「……いいわ、今さら。このまま始めましょう」

富美代はペロリと、鈴口に浮かんだカウパー腺液の玉を舐め取る。

「いい？　黒助くん。まずは耐久力のチェックをするわよ」

「え？」

「よしと言うまで出しちゃ駄目ってこと。わかった？」と、沙希が釘を刺してきた。

「わ、わかりました……あっ、くうっ」

高層マンションの高級感溢れるリビングダイニングで、フェラチオが始まる。

富美代は、亀頭がテカテカになるまで唾液を塗りつけると、舌先で裏筋をこねくり回した。そしてはしたなくも大口を広げ、張り詰めた亀頭をなんとか咥《くわ》え込み、ゆっくりと首を振っていく。

「んふぅ……うぐぐ、んむっ、うっ、うぶっ」

コンサルティング会社の若き専務であるセレブマダムのオシャブリは、黒助を激しく興奮させた。ペニスが朱唇から出たり入ったりする様から目が離せなくなる。

沙希は黒助の背後に回り、抱き締めるような格好で豊乳を押しつけながら、サオ部分の手コキを続ける。空いている方の手では、黒助の乳首をコチョコチョといじってきた。

「おっ、おおぉ……うううぅ」

耐久力のチェックということで、黒助は込み上げる射精感をできるだけ押さえ込もうとする。あっけなく果ててしまっては、黒助をこの場に連れてきた千世子にも恥をかかせてしまうことになる。

しかし二人の美熟女に、こうして一方的に責め立てられると、身体以上に心が昂ぶった。M気質ではない黒助だが、今だけはもっと弄《もてあそ》んでほしいような気がして、倒錯した官能がどんどん膨らんでいく。

「うぐぐ……だ、駄目です……あ、あ、出ちゃいそう」

「はあ？　まだ二、三分も経ってないじゃない。男なんだから根性見せなさい」

沙希も黒助の前に移動し、富美代の隣に腰を下ろして、横からペニスに舌を這わせだした。ダブルフェラだ。

「最低でも十分は持たせなさい。ほら、ここをもっと締め上げて頑張るのよっ」

沙希の手が黒助の股をくぐり、指先が肛門に触れてくる。

「ちょっ……そんなところいじられたら、よけいに我慢が利かなくなります……！」

くすぐったくも妖しい快美感に、黒助は悲鳴を上げた。

富美代と沙希の口撃は息がぴったりで、沙希がペニスの先へ舌を進めていくと、富美代はいったんペニスを吐き出し、左右から仲良く亀頭を舐め回す。互いの舌が触れ合っても、二人とも、嫌がるどころか嬉しそうに目を細め、ますますフェラチオに熱を込めていった。この二人、いわゆるレズ的な関係なのかもしれない。

二人は、どちらともなく幹の根本に舌を進めていき、富美代が左の睾丸を、沙希は右の睾丸を、陰嚢ごと舐め転がした。その間、富美代は指の輪っかで雁首をしごき、沙希は掌の窪みでヌルヌルになった亀頭を撫で回す。

「うっ、おっ……くうぅ……！　あ、ああっ」

黒助は歯を食い縛り、込み上げる射精感と戦っていた。

千世子がじっと黒助を見ていた。執筆の参考にするためか、二人がかりで若勃起を責められている黒助を興味深そうに眺めている。愉悦に歪んだ表情も、彼女の観察の対象なのか。まじまじと見つめられ、それもまた黒助の官能を掻き乱す。

(そんなに見ないで、お母さん……もう無理……！)

黒助はついに我慢の限界を超えた。

玉舐めを施していた富美代は、キュッと迫《せ》り上がる陰嚢の反応に気づいたのか、素早く動いて亀頭を咥えた。その刹那《せつな》、鈴口からザーメンが噴き出す。

「出るっ……ア、アアーッ!!　うっ、はあっ、くうぅ！」

精液を噴き出すたびに力強く脈打つ肉の幹。

「うぐ、むぐううっ……ん、ごく、ごくっ」

朱唇を精一杯に広げ、なんとか極太のマラを咥えつつ、富美代は喉を鳴らした。しかし、飲みきれなかった分の白濁液が、唇の端から垂れていく。

射精の発作が終わると、富美代は亀頭を吐き出した。唇を一文字に引き結び、沙希に目で合図を送る。沙希はすかさず富美代の前で、餌を待つ雛鳥のように口を開く。

富美代が口を開くと、口内に溜めていた白濁液がドロリとこぼれ、沙希の口内に流し込まれた。富美代の唾液と黒助の精液が混ざり合ったものを、沙希は嬉しそうに飲んでいった。

それが終わると、富美代は黒助に向き合い、ジロリと睨みつけてくる。

「匂いは青臭くて刺激的だけど、味はすっきりしていてわりと飲みやすかったわ。でも、早すぎよ。五分も持たなかったじゃない」

「す、すみません」

黒助は情けない気持ちでうなだれた。

ただ、黒助本人とは逆に、股間のものは隆々とそそり立ったままだ。いったん勃起したこのイチモツは、一度の射精くらいでは萎えてくれない。

「……まあ、オチ×ポはまだまだ元気みたいだから、そこは評価してあげるけど」

「でも、それもいつまで持ちますかね。いくら若いからって、この調子ですぐにドピュドピュしてたら……」沙希が呆れ顔で溜め息をこぼした。

と、千世子が黒助を励ますように、優しく肩に手を載せてくる。

彼女は富美代と沙希に向かって、自信満々に言い放った。

「ご心配なく。この子は、ここからが本領発揮なんですから」

千世子は知っている。黒助のペニスの強さを。出しても出しても一向に萎えない、異常な絶倫ぶりを。

それをまだ知らない富美代と沙希に向かって、不敵に笑ってみせるのだった。

3

一同は千世子のベッドルームへ移動。

そこは十五畳もあるという広さだった。キングサイズと思《おぼ》しきベッドの他にも、デスクや二人掛けのソファー、テレビに本棚などが置かれている。ここは千世子の私室を兼ねていて、夫のベッドルームはまた別にあるのだそうだ。

「それじゃあ私から始めさせてもらうわね？」と、富美代が遠慮なくベッドに上がる。

ベッドはすでに掛け布団が取っ払われていて、黒助と沙希も富美代に続く。

リビング同様、壁の一面は丸ごと窓ガラスだ。青い空と白い雲に晒されながらセックスをするというのは、なんとも背徳的なスリルを感じた。富美代に促されて、黒助は真っ白なシーツに仰向けに横たわると、クッションの利いたマットレスが心地良く背中を受け止めてくれる。

千世子も服を脱ぎ、ベッドに上がってくる。爛熟した富美代の豊満ボディ。健康的に引き締まった沙希のアスリート体型。そして千世子の美と官能を極めた裸体。それらに囲まれて、黒助は緊張と興奮が止まらない。

富美代が黒助をまたいで膝立ちになり、下腹に張りついた剛直を握り起こす。そして腰を下ろし、あやまたず割れ目にペニスをあてがった。

ヌチュッ。先ほどのフェラチオで彼女自身も昂ぶったのか、しっとりと濡れた媚肉が亀頭に吸いついてくる。

ゆっくり、ズブリ、ズブリと、挿入が始まった。富美代の陰毛は薄めなので、ペニスが呑み込まれていく様がしっかりと見て取れた。

「うぅ、うっ……ふ、太いわ。裂けちゃいそう」

悩ましげに眉をひそめる富美代。まだ濡れ具合が少々足りなかったのか、巨根を収めるのになかなか苦戦している。

千世子が薄笑いで忠告した。「無理はしない方がいいですよ。私、この子とした後、二日ほどアソコがジンジンしっぱなしでしたから」

「へ、平気よ。伊達《だて》に二度出産してないわ」

まだ半分も挿入されていなかったが、富美代は大きく息を吸い込み、唸り声と共に一気に腰を下ろす。

「う、ううんっ……！　あ、あうっ、うぐうぅ」

亀頭が膣路の奥にズンッとめり込み、富美代は仰け反ってビクビクと震えた。

「だ、大丈夫ですか、富美代さん……？」と、沙希が心配そうに尋ねる。

富美代は沙希には答えず、黒助を睨んできた。

「む、昔、マイアミのビーチでナンパされまくったときは、これくらいのオチ×ポの男、大して珍しくなかったわ。黒助くん、調子に乗ったら駄目よ」

「はあ……す、すみません」

別に調子に乗っていたつもりはなかったが、黒助はつい謝ってしまう。

巨根がつっかえ棒になって、熟臀はまだ宙に浮いたままだった。富美代は顔をしかめつつ、黒助の胸板に両手をつき、膣穴を剛直に馴染ませるように、緩やかに腰をグラインドさせた。

「ほおっ……お、奥が……おおぉん……！」

ペニスが擂粉木《すりこぎ》のようにポルチオ肉を磨《す》り潰す。

「ああ……なんて硬いオチ×ポなの……グ、グリグリが、子宮まで響くわ」

肉の鈍器を身体の一番深いところにめり込ませた富美代。しかしその顔から苦しみの色は次第に抜けていき、代わりに淫靡な笑みが広がっていった。

ついには彼女の大きな桃が、ズシッと黒助の腰に着座する。

「うっ、うううっ……！　はぁ、はぁ……さ、さあ、これからが本番よ」

巨根による拡張感にもだいぶ慣れたようで、富美代の逆ピストン運動が始まった。

二人の子供を産んだだけあって、富美代の膣路はかなり柔らかく、締めつけもおとなしめだった。亜美のような大口ではないが、その嵌め心地には近いものがあった。

だから、黒助の剛直との相性は悪くなかった。柔軟性に富んだ膣肉は、ほどなく巨大な侵入物に順応し、抽送はどんどんスムーズになっていく。

（ああ、気持ちいい）

富美代が腰を持ち上げると、熱く火照った蜜肉が、亀頭や雁首、幹の隅々までをいっせいに撫で上げてきた。

そして彼女は膝の力を抜き、豊満な桃尻を黒助に叩きつける。肉杭で自らの腹を抉るたび、富美代の上げる呻き声は淫靡な音色を濃くしていった。

「ううんっ……ああっ……んひぃ……！　お、奥うぅ……ハァン、蕩けちゃいそう」

ズンッ、ズンッ、ズンッと着座するごとに、Jカップの肉房だけでなく、艶めかしくぽっこりと膨らんだ腹部も細波のように揺れる。そんな完熟した女体の眺めは、実に男心をくすぐり、黒助は思わず手を伸ばした。

熟れ肉をまとった腹部は、ペニスが膣底にめり込む瞬間、グッと腹筋の存在を示す。その感触の移り変わりが掌に心地いい。

「や、やだぁ、お腹なんて触らないで……恥ずかしいわ」

彼女にとってはコンプレックスなのか、黒助の手はやんわりと払いのけられる。ならばと今度は双乳へ手を伸ばし、頂上に息づく褐色の突起を指でつまんだ。

爆乳だけあって、乳首もなかなかに大きい。軽く揉み込むと、瞬く間に親指の先ほどのサイズに肥大した。

「あうん、いいわ……はぐっ、う、う……ね、もっとしてぇ」

普段から自分でもいじっているのか、富美代の乳輪はぷっくりと膨らんでいる。親指と人差し指で揉むと、富美代は腰をくねらせて悶えた。

「そ、そうよ、そこも気持ちいいの……！　とっても……んふぅん、上手ぅ」

富美代はさらに逆ピストンを励ます。ガーターベルトにストッキング姿で男にまたがり、激しくも艶めかしく女体を跳ねさせる有様は、セレブマダムどころか、まるで破廉恥な娼婦のよう。

摩擦快感と共に牡の官能も高まり、黒助は射精感が限界に迫っていることを知る。

「う、うぅうぅ……ごめんなさい、もう、出ちゃいそうです」

「えっ……そんな、とっても良くなってきたのにぃ。駄目よ、まだ駄目っ……今度こそ我慢なさい……！」

するると富美代は、ピストンを緩めるどころか、ますます加速させた。黒助が果てる前に自分も昇り詰めようというつもりかもしれないが、それは逆効果だった。

（も……もう無理）

肛門を締め上げて必死に堪えるも、前立腺はもはや決壊寸前。

そのとき、千世子が黒助に擦り寄ってきて、慈母の如く頬を撫でながら囁いた。

「いいのよ、くーちゃん。構わないからイッちゃいなさい」

甘い声が脳裏で響き、黒助のリミッターを外してしまう。

（出しちゃっていいんだ。だってお母さんが許してくれたんだから……！）

次の瞬間、性感は極まり、怒涛《どとう》の勢いでザーメンが尿道に流れ込んだ。黒助はセレブマダムの中に多量の精をほとばしらせる。

「駄目、待って！　待ちなさいっ！　あっ、あああぁ」

だが、始まってしまった射精の発作はもう止まらなかった。富美代は切なげに叫び、ペニスは彼女の最奥で脈打ち続ける。

やがて肉棒が鎮まると、富美代は黒助ではなく、千代子を睨んだ。あなたが余計なことを言ったから！　と。しかし、千世子は平然とそれを受け流し、

「大丈夫ですよ。さあ続けてください」と促す。

そう、黒助のペニスは一ミリも萎えていない。それどころかさらに熱い血を巡らせて怒張し、ますます膣路を押し広げる。休息など一切不要で続行が可能だった。

それを理解した富美代は、すぐさま嵌め腰を再開させた。

「ああっ、凄いわ、このオチ×ポ……！　千世子さん、この子になにか〝お薬〟でも呑ませたの？」

千世子は得意げに微笑みながら説明する。これがこの子の凄いところだと。薬なんて呑まなくても、一時間でも二時間でも勃ちっぱなしなのだと。

「まあ、凄い！」と、富美代は瞳を輝かせ、女体を弾ませた。射精直後のペニスをヒ

リヒリとした摩擦感が襲うが、黒助はそれを奥歯で嚙み殺す。

と、肉悦に躍る富美代を羨ましそうに眺めていた沙希が、おずおずと尋ねた。

「あ、あの、富美代さん、そろそろ私も、ご一緒させていただいても……？」

「んあぁ、んんっ……え、ええ、いいわよ、いらっしゃい」

「ああ、ありがとうございますっ」沙希は満面の笑顔で喜んだ。お預けを命じられていた犬が、ようやく主人から「よし」と言ってもらえたみたいに、引き締まった女尻をプルプルルッと振る。

そして黒助の顔の両脇に足を置き、後ろ向きにしゃがみ込んできた。

逆ハート型の美臀が、濡れ肉の割れ目が迫ってくる。花弁のよじれや、小さな皺の一つ一つまで見て取れるようになった。殻を剝いた茹《ゆ》で卵のような、ツルツルの恥丘の膨らみが、改めて黒助の興味をそそった。

思わず尋ねる。「あ、あの、それ、剃っているんですか？」

「アソコの毛のこと？　そうよ。中途半端に残すより、全部剃り落としちゃう方が簡単だから。ハイジニーナっていうのよ」

このマンションのスポーツジムにはプールもあり、沙希はそちらもよく使っているそうだ。水着を着るため、アンダーヘアの手入れは欠かせなくなるが、沙希はそれを面倒だと考えるタイプらしく、少しでも楽になるよう、いっそのことパイパンにしているのだとか。

「さあ、しっかり舐めなさい！　私、前戯が下手くそな男は嫌いなんだから」

「は、はい、うぶっ」

しなやかな尻たぶが、黒助の頬にグッと押しつけられた。女の股ぐらに籠《こも》った淫臭が、熱気と共に顔中を包み込む。

（いやらしくて、いい匂いだ）

黒助は深呼吸をして濃密なアロマを愉しみ、頭の芯が痺れるような感覚を覚えながら、口いっぱいに濡れ肉のスリットを頬張った。

媚肉を一舐めすると、甘酸っぱさと塩気の混ざった味わいが舌に広がる。塩レモン風味のヨーグルトという感じで、なかなかの美味だ。せっせと舐め上げ、舐め回し、舌粘膜と肉弁を絡め合わせる。

（そういえば、オマ×コを舐めるのは、これが〝初めて〟だったかな）

クンニ初心者の黒助だが、千世子に指マンを施したときの経験を応用したり、自分がペニスをしゃぶられたときのことを参考にして、精一杯、舌奉仕に努めた。

「うふぅん、なかなか……わ、悪くないわよ。富美代さんの次は、私がそのデカチンを愉しませてもらうんだから、たっぷり濡れさせて」

「むぅ、むぐ、ううぅ……れろ、れろれろ、じゅるっ」

沙希は腰を前後にスライドさせ、黒助の口元に割れ目を擦りつけてくる。

視界を女尻に覆われた黒助は、舌の感覚だけを頼りに懸命にクンニした。すると、コリッとしたものが舌に当たった。そこへ重点的に舌を使うと、コリッとしたものはどんどん膨らんでいく。明らかにクリトリスだ。ほどなくして、それを包んでいた肉のベールはめくれ、中身が先端をのぞかせた。

硬くてツルツルした舌触りのそれを、黒助は飴玉のように舐め転がす。

「ひいっ、ク、クリ、いいぃ……！　もっと舐めて、吸って……そ、そおぉ」

窄《すぼ》めた唇で肉豆を包み、チュッ、チュッ、チュルッとリズミカルに吸引する。沙希の尻たぶが悩ましげに痙攣するのが、黒助の頬に伝わってきた。

「クリが、うっ、ううっ、もげちゃいそう……け、結構上手ね……生意気よっ」

しっかり舐めろと言ったくせに、沙希は理不尽な難癖をつけて、黒助の乳首をいじってくる。くすぐったいような甘い刺激は、熟れ膣でしごかれまくっているペニスの愉悦と重なり、相乗させ、射精感を膨らませる。

我慢できなかった。股ぐらに顔面を覆われて呼吸もままならず、脳に酸素が足りてなかったのかもしれない。くらくらしながら、精一杯の呼吸で鼻から吸い込んだ空気は、むせ返るような牝の淫臭をたっぷりと含み、脳髄を、理性を蕩けさせていた。

ウウーッ!!

絶頂の叫びは、女陰に塞がれる。

膣底をしゃくり上げては精液を噴き出すペニス。

「ヤッ、んんぅ、あ、あなた、またイッてるの？　これで三度目よね？」

しかし、富美代に黒助を気遣う様子はなく、ペニスをしゃぶる女壺の逆ピストンは一瞬も止まらなかった。「ああ、なのに、こんなにたっぷり出るなんて……まるでオナニー禁止して、溜めに溜めまくって、一週間ぶりにした射精みたい……！」

「ハァン、ふ、富美代さん、アソコは、オチ×チンは大丈夫ですか？　そんなに射精しちゃって、私の番まで持ちそうですか？」

「ええ、ええ、心配無用よ。凄いわ、この子……！」

もはや言わずもがな、ペニスは一瞬も力感を失っていない。強く雄々しい肉の柱は、逆ピストン運動の勢いを完全に受け止め、びくともしていなかった。

抽送音がより激しくなる。グチョッグチョッ、ズチュッ、ギュポッ。泥濘《ぬかるみ》を掻き混ぜ、こね回すような下品な音が響き渡り、曇りなき窓ガラスをすり抜け、秋の高い空まで広がっていくようだ。

「んふぅ……中出しって、やっぱり気持ちいいわぁ。お腹の奥から熱くなって……あぁん、私、イッちゃいそう……はぁ、はぁ、ふっ、ふぅ！」

その言葉を裏づけするように、富美代の膣肉がうねりだす。ペニスを奥へ奥へと引きずり込むような動きだ。アクメを迫らせた女体の生殖本能が、より深いところでの吐精を求めているようだった。

「う、うおぉ、くっ、ぐうっ……れろ、くちゅ、ちゅっ、ちゅぷぅ」

黒助は喉の奥で唸りながら、沙希への舌奉仕に励み、さらにこれまで完全に受け身だった腰を振り始める。両膝を立て、富美代の逆ピストンの動きに合わせて、迎え撃つようにペニスを突き上げた。最初は様子をうかがうような腰使いで。リズムが読めてきたら大胆に、より力強く。

「ひいんっ！　あ、あっ、やだ、そんなことできるのねっ？　いいわ、頑張って、もっと、もっとおぉ……ほぉ、ほおぉ、はっ、はっ、ああっ」

肉の拳が深々と子宮口を抉っても、富美代は怯むどころか、ますます激しく熟臀を振り下ろしてきた。蜜壺から漏れる肉擦れ音が掻き消えるほど、パンッ、パンッ、パーンッと、小気味良い破裂音が鳴り響く。

上半身と下半身で、それぞれ別の女を悦ばせていると、黒助は身体が二つに分かれてしまったような感覚になる。富美代とタイミングを合わせた嵌め腰で肉槍の連撃を繰り出しつつ、沙希のクリトリスに吸いついては、舌先で膣口をほじくり、溢れてくる女蜜に渇いた喉を潤した。

「ああっ、いい、いいっ……いやあぁ、もうクンニじゃ我慢できない。富美代さん、まだですか……!?」

「ううぅ、ま、待って、もうすぐだから……もうイク、イク、イッちゃうぅ……うっ、くっ、あぁ、あっ、おおっ、ンンーッ！」

沙希の美臀で視界を塞がれた黒助に、二人の切羽詰まったよがり声だけが、彼女らの肉悦に狂う様子を教えてくれた。

そしてとうとう、富美代は断末魔の媚声を上げる。

「き、来た、来たわ、凄いのぉ……いひぃ、きぼちいっ……イ、イグううーッ!!」

4

叫び声と同時に、富美代の逆ピストン運動は止まるが、代わりに膣路の入り口が力強く収縮を繰り返し、ペニスの幹をギュギュッ、ギューッと絞り込んでくる。

黒助は多量のカウパー腺液を漏らしながら、なおも沙希への口奉仕に努めた。が、沙希はもうじっとしていられないのか、忙しく腰を前後にスライドさせる。もはや黒助は、陰核も膣口も舌で捉えられなくなってしまった。黒助の顔面には女蜜が塗りたくられ、割れ目に鼻先が埋まった。

「う、うぷぷ……むぐっ」

「あぁぁ……はぁ、はぁ、はあぁん、早く、欲しいぃ……」

ほどなくして、富美代が太い息を吐き出す。黒助の腰から彼女の身体が離れ、熱い女体の内部からペニスが引き抜かれた。

「……お待たせ、沙希。さあ、あなたの番よ」

「はいっ」

すぐさま沙希は黒助の顔から腰を上げ、ゴロンと仰向けになって、恥も外聞もなさげに大股を開く。「入れて、ほら、早くぅ！」

理知的な印象の眼鏡美女が、パックリと開いた恥裂を晒して挿入を急《せ》かしていた。可能なら写真に残しておきたくなるほどの卑猥さだ。黒助は彼女の股ぐらで膝をつき、打ち震えるペニスの根本を握って、その先端を濡れ肉のスリットへあてがう。

蠢く膣口にぴったりと亀頭を当てると、腰に力を込めて前に進もうとする。

が、思いのほか強い抵抗に遭《あ》って、挿入が阻まれた。

「ちょっと、どうしたの？　まさか焦《じ》らしてるつもり？」

情火を燃え盛らせた瞳で、沙希が睨みつけてくる。

「ち、違います」

まさか処女ってことはないよな？　戸惑いながら、黒助はさらに腰に力を入れる。

すると肉門は少しずつ拡張していき、次の瞬間、雁高の亀頭がズルッとくぐり抜け、勢いのついた穂先が一気に膣路の真ん中辺りまで貫いた。

「あっ、アウーンッ！」喉を晒して沙希が仰け反る。

沙希の肉壺は、富美代のそれとは比べものにならないほど強力な膣圧だった。スポーツジムで身体を鍛えている成果が、こんなところにも表れているのだろうか。

クンニのおかげで充分に潤っていたから、なんとか抽送は可能だった。沙希の腰を鷲づかみにして、黒助はピストンを始める。「う、う……うおぉ」

これまで味わったことのない強烈な摩擦感に、痛覚混じりの激悦が走った。結合部を見れば、ペニスに食いついた膣肉が抽送のせいで外側にめくれ、少しはみ出してしまっていた。

痛くないのか？　と、黒助は心配になる。だが、ストロークを抑えるようなことは許されなかった。沙希は巨根に股ぐらを貫かれて顔を歪めるが、より激しい抽送を要求してくる。

「んんっ、はううっ……も、もっとよ……もっと動いて、もっと速くっ、動くのぉ！　そんなヌルいピストンじゃ、満足できないわっ」

「ううぅ……は、はい……！」

黒助は奥歯を噛み締め、懸命に嵌め腰を速めていった。

少しずつだが膣路が巨根に馴染み、愛液の潤滑《じゅんかつ》も増してきて、よりスピーディな抜き差しが可能となる。

「そうよ、いいわ、あぁぁ、奥まで突いて、もっと深くっ……そ、そそっ！　あ、あぐぅ、あぁん、子宮がジンジンするぅぅ」

仰向けになっても綺麗なお椀型を保っているDカップの美乳が、ピストンの衝撃でプルンプルンと上下に揺れた。それを鷲づかみにして揉みしだきながら、黒助はさらにピストンを励ましていく。

膣奥のポルチオ肉を抉るたび、沙希はより悩ましげに、より情熱的に身をよじって悶えた。眼鏡がずり落ちそうなほどの乱れように、黒助も気分が良かったが、しかし抽送が激しさを増せば、その分、黒助の射精感もどんどん高まっていく。

深みに向かってペニスを突き出せば、強すぎる膣圧のあまり、雁首の皮が突っ張って薄くなった。その状態での膣襞との摩擦快感は、息が詰まりそうなほど。そして引き抜くときは、雁エラの急所に膣肉が引っ掛かり、激しく擦れ、もはや甘美という言葉では足りぬほどの愉悦が駆け抜ける。

「はぁ、はぁ……うっ、ぐぐぐっ！　ふっ、ふっ、くおおぉ」

そんな状況で、さらに富美代が絡んできた。

「ほらほら、もっと頑張りなさい。さあ、千世子さんも一緒に応援しましょう」

「うふふ、はい、それじゃあ……」

富美代と千世子が、左右から身を擦り寄せてくる。富美代は爆乳を、千世子は美巨乳を両手で持ち上げ、右と左から黒助の顔に押しつけてきた。

柔らかな四つの肉房が顔中を包み込み、上下に擦りつけられる。母性と脂肪の塊はひんやりとしていて、火照った頭に心地良い。

ただ、むせ返るような熟れ肌の甘い香りに、脳髄はますます煮える。富美代は下乳の付け根を黒助の口元に擦りつけ、

「舐めてちょうだい、ほらぁ」と、猫撫で声で舌愛撫を求めてきた。

下乳と肋骨《ろっこつ》の辺りの重なり合った肉を舐められるのが好きなのだという。汗が溜まる場所なので、さらに濃厚な女臭が鼻の奥をツーンと刺激した。

黒助はヤケクソ気味にベロベロと舌を這わせる。塩気を帯びた乳肉はなかなかに美味だった。大口を開いて、肉まんでも頬張るみたいに咥え込む。

富美代は嬉しそうに媚声を漏らした。「あはぁん、どう、私のオッパイ、美味しい？　あ、あうっ、ダメよぉ、お肉を噛んじゃ。うふふふっ」

こうなると千世子にもなにかしてあげなければ不公平だ。黒助は顔を左右に振って、富美代の下乳を舐め回しては、千世子の乳首にしゃぶりついた。

「乳首が、あぅん、上手よ、黒助さん。今度は吸ってぇ……そ、そうぅ」

二人は淫気に酔いしれた様子で、豊かすぎる肉房を擦りつけてくる。顔中を揉みくちゃにされた黒助は、まるで自分自身がペニスになってしまい、美熟女たちによる豪華なダブルパイズリを施されているような心持ちになった。

汗に濡れた双乳で左右から顔を挟まれ、しごかれ、黒助は確かな快感を得ていた。

（あ、あっ、出ちゃいそう……！）

頭のてっぺんから、なにかが噴き出しそうな感覚。

しかし実際にそんなことにはならず、肉棒がひときわ大きく脈打ち、鈴口から多量の精が吐き出され、沙希の女壺を満たしていった。

「あっ、ああっ……うぅ、ううぅ」

ビクッビクッと腰を痙攣させ、黒助はオルガスムスの名残《なごり》に酔う。

と、ペニスを咥えた膣口が、不意に牙を剝いた。万力の如く幹の根本を締め上げてきて、黒助は強い痛みすら覚えつつ尿道内の残滓《ざんし》を吐き出す。

「おぅウッ！」

「ちょっとおぉ、なに勝手にイッてるのよ、もう……！」眼鏡越しに、猫科の獰猛《どうもう》な獣を思わせる瞳で睨みつけてきて、沙希は不愉快そうに唸った。

「次にイキそうになったら、もっと早く言いなさい。いいわね？」

「は、はい……」

「わかったらさっさと続けて。さっき以上に気合いを入れて腰を振るのよっ」

三人の美熟女をいっぺんに相手する。それは男の夢である。

だが、同時に大変な責務を負うことでもあった。夢のようなハーレム体験に浸りつつ、女たち全員を悦ばせなければならない。セックスを覚えたばかりの黒助にとっては簡単なことではなかった。

ただ、気後れするどころか、沸々と闘志が湧いてくる。

自分には並外れた巨根と精力絶倫という武器があるのだから。

（やってやる……！）

黒助は全力のピストンを再開した。膣路の奥のポルチオを深々と抉り、さらには勢いよく腰を叩きつけ、恥骨でクリトリスを押し潰す。

「ひいっ……そ、そうよ、その調子っ。あぁっ、中と外、どっちも気持ちいい！」

高慢な眼鏡美女の顔が赤々と上気し、淫らに歪んだ。

（あんなに偉そうにしていた人が、僕のチ×ポでこんなに感じてる……！）

その有様に牡の劣情をたぎらせる黒助。嵌め腰を轟かせては、かんなの如き雁エラで肉襞を削りまくる。剝き身のクリトリスを打ちのめし、子宮口をこじ開けんばかりに亀頭を叩き込んだ。

そして左右の手は、千世子と富美代の股ぐらへ潜り込ませる。

ドロドロにぬかるんだ肉の穴を探り当てるや、人差し指と中指を揃えてズブリと差し込んだ。千世子のGスポットの位置は、先日の露天風呂での蜜戯ですでに把握《はあく》済み。富美代の方は少し手間取ったが、膣路の天井側にあるざらついた部分を見つける。鉤《かぎ》状《じょう》に曲げた二本指を引っ掛けるように、すぐさま抽送を始めた。

「あぁーっ！　き、気持ちいいです、黒助さんの指……あっ、あっ、あぁあっ」

「お、おほっ、イイッ……もっとオマ×コ、そこ、そこぉ、ズボズボしてっ」

三つの肉穴を同時に掘り返し、三者三様の嬌声を上げさせる。千世子も富美代もクネクネと身悶え、黒助にすがりついてきた。富美代は黒助の片腕にしがみつき、千世子は黒助の首に両腕を巻きつけ、熱のこもった口づけを求めてくる。

黒助はまるで自分が機械にでもなったような気分になる。身体のすべてを駆使して女たちを悦ばせるセックスマシンだ。

しかし、それも長くは持たない。機械とは違い、黒助もまた愉悦を感じる生身の身体なのだから。

下腹部からの鈍い痺れを覚えた黒助は、千世子とのディープキスを解き、

「さ、沙希さん、僕、また、そろそろ……！」

先ほど彼女に言われたとおり、限界が近いことを告げた。

すると沙希は、悩ましげに首を振り乱す。だがそれは、肉悦に悶え、打ち震えているわけではなかった。

「だ、駄目っ！　まだ、我慢してっ」

「え……いや、僕、まだ大丈夫です。射精しても続けられますから」

「駄目、駄目！　私……あう、ううぅ……い、一緒にイクのが好きなの。あと二分、

ううん三分は堪えてっ」

　そうは言われても、彼女の膣穴は嵌めるほどに熱くなり、肉汁を溢れさせて旨味を増し、極上の摩擦快感をペニスにもたらす。アクメが近づいたからか、膣壁は狂おしげにうねって、力強い膣圧のまま雁首や幹を揉み込んでくる。

（あと三分なんて、絶対無理……！）

　持って一分。黒助は焦燥感に駆られながら、それでも腰を振り続けた。

　そのとき――富美代が動く。黒助から離れ、添い寝をするように沙希の隣に横たわった。「まったく沙希ったら、一緒にイキたいだなんて、甘えん坊ね。そんなに黒助くんのことが気に入ったの？」

「ち、違います、私は――う、うむぅん」

　富美代は、反論する沙希の唇を強引に塞ぐと、プリンのように小気味良く揺れる乳房を鷲づかみにする。そして人差し指の先で、鮮やかなピンクの突起を転がした。

「んふぅ、ううぅん！　うぐ、うむ、うううぅ」

　やはり女の身体を一番理解しているのは女ということか。たった指一本の愛撫で沙希はあからさまに反応し、狂おしげに背中をよじる。

「んちゅ、ふふふっ」

富美代はいったん唇を離し、チラリと流し目を千世子に送った。「ね、千世子さんも手伝ってくれる？」

「わ、私もですか？」

「官能小説を書いているんでしょう？　女同士でこういうことする経験も、なにかの役に立つんじゃない？」

「それは……そ、そうですね」

千世子にレズの気はないみたいだが、富美代の言葉に一理あると思ったのか、おずおずと沙希の横に、富美代とは反対側に腰を下ろした。

さすがに同性へのキスは躊躇われたようだが、空いている方の乳房を四本の指でスッ、スーッとさすっていく。そして乳首をつまみ、ツンツンと引っ張っては、右に左にひねりを加えた。

「私はこういういじり方で感じちゃうんですけど……沙希さん、どうですか？」

「あ、あっ、気持ちいいです、はい……も、もっとぉ！」

先ほどまでは黒助が集中攻撃を受けていたが、今度は、仰向けの沙希が三人がかりで責められた。富美代は続いて乳首を舐め転がし、チュッ、チュッ、ヂュルルッと卑猥な音を響かせて吸い立てる。

それに釣られるように千世子も、ツンと尖った乳首へ舌を使った。恐る恐るという感じに、レロ、レロと。まだ同性を愛撫することに慣れていないらしく、その美貌にはわずかに戸惑いの色が残っている。それがまたなんとも悩ましげで、見ている黒助は欲情を昂ぶらせた。

（だ……駄目だ、もう……！）

せっかく千世子と富美代がアシストに入ってくれたのだからと、黒助は全力で肛門を締め上げ、全身汗だくになってラストの嵌め腰を轟かせていた。だが、これ以上はもう持たない。

射精感がカウントダウンに入る——と、そのときだった。これまでにも増す勢いで、肉棒を食いちぎらんとする力強さで、沙希の膣口が収縮し、幹に食い込んできたのだ。

それは間違いなく、アクメの予兆だった。

「ああ、ああ、イイッ、ク……イクッ！　ひいぃ、イクイク、イグウゥ!!」

その直後、沙希は、宙に浮くほど背中を跳ね上げ、仰け反り、ついに昇り詰めた。

彼女の叫びを聞いた黒助は、ようやく緊張から解放される。ほっと安堵し、射精を抑え込んでいたペニスの枷《かせ》を外そうと思った——

が、不意に富美代が鋭い声を上げた。「黒助くん、外に出して！　沙希の身体にぶっかけるの！」

しかし、そのときにはもう、黒助は限界を超えていた。

ただ、膣痙攣でも起こしたみたいに、沙希の壺口が強烈にペニスに食いついていて、そのおかげで前立腺を突破した白いマグマが、ギリギリのところでせき止められていたのだった。

黒助は奥歯を噛み締め、力一杯に腰を引く。なぜ富美代があのような指示をしてきたのかはわからないし、今の黒助には考える理性も残っていない。ただただ、言われたままに従った。富美代の言葉には、それだけ強い力がこもっていた。

次の瞬間、まるでシャンパンのコルクのように、勢いよくペニスが抜ける。それと同時に、鈴口から白濁液が噴き出す。

「ウッ、ウオオォ！　ううううっ、ウグゥーッ‼」

放物線を描いたザーメンは沙希の身体どころか、ヘッドボードを越えて真っ白な壁に撃ち込まれた。二発目、三発目と、吐精の勢いは徐々に弱まり、ようやく沙希の顔に、顎に、乳房に、腹部に、白濁液が降り注ぐ。女体を濡らす多量の汗と混ざって溶けていく。

沙希は目玉をひっくり返し、よだれを垂らした口元を緩め、あられもないアヘ顔を晒していた。唇を震わせ、うわ言のように呟く。

「あはあぁん……身体中、汚されちゃった……うふ……ふふふっ」

おそらく沙希は、ザーメンにその身を冒《おか》されることが好きなのだろう。富美代は彼女のそんな性癖を知っていて、だから黒助に外出しを命じてきたのだ。

黒助も悪い気分ではなかった。

彼女の眼鏡の左のレンズに、たっぷりと白濁液がかかっていた。

気が強く高慢な彼女の象徴を、ドロドロの牡汁で汚してやったような、あるいはマーキングしてやったような気がして、黒助はゼエゼエと喘ぎながら、昏《くら》い満足感と興奮を覚えるのだった。

5

「すみません、ベッドも壁も汚しちゃって……」

オルガスムスの高揚感が鎮まってくると、黒助は申し訳ない気持ちになって千世子に謝った。千世子は優しく微笑んで赦《ゆる》してくれる。すぐに拭き取れば問題ないからと、むしろ黒助さんの精液の匂いに包まれながら寝てみたいわと。

撒き散らしたザーメンの後始末をした後、一同はリビングダイニングに戻って一息ついた。千世子はよく冷えたスポーツドリンクを皆に出してくれる。セレブマダムとはいえ、やはりセックスでたっぷり汗をかいたあとは、優雅に紅茶をすするというわけでもないらしい。

裸のままソファーに腰掛ける四人。富美代が千世子に尋ねる。

「千世子さん、どう？　官能小説の参考になるようなプレイはできたかしら？」

「ええ、それはもう」千世子はにっこりと答えた。「協力してくださって、ありがとうございます。ところでお二人はいかがでしたか？　黒助さんのオチ×チン、満足されました？」

富美代と沙希は顔を見合わせ、どちらともなく苦笑を浮かべる。

「そうね、思った以上に凄かったわ。ねえ、沙希？」

「はい、まあ……悪くなかったです」

二人の視線が黒助の股間に向けられた。五回の射精を経てなお、黒助のイチモツは青筋を浮かべて反り返っていた。

沙希が呆れたように言う。「まだ勃ちっぱなしなんて、いくら若いからってとんでもないわね。あなた、どれだけスケベなのよ」

「いや、だって……皆さんの裸がずっと目の前にあるわけですから」

「うふふ、私たちの裸がそんなに魅力的ってことかしら？」

悪い気はしないわねと、富美代は目を細める。

「せっかくオチ×ポがこんなに元気なんだから、もう一回くらい相手してもらいたい気もするけど……でも、私たちだけで愉しむのはもったいないわね。ねえ、千世子さん、今から何人か呼んでもいい？　明里《あかり》さんとか、真央《まお》さんとか」

女というのは共有をことさら尊ぶ文化なのか、富美代は沙希以外の友人たちにも、黒助の巨根を体験させてあげたいというのだ。

「私は構いませんけど……黒助さんはどうかしら？」

「は、はい、多分」

先日、千世子とリゾートホテルに泊まったときは、彼女が「ごめんなさい、くーちゃん、ママ、もう身体が持たないわ」と根を上げるまで嵌め尽くしたが、黒助のペニスは最後まで精力をみなぎらせていた。まるで限界の見えない絶倫ぶりに、自分自身でも驚いたほどだった。

「私は……残念ですけど、お先に失礼します」と、沙希がソファーを立つ。

土曜日の今日、彼女の息子は習い事に出かけていて、夕方には迎えに行かなければならないという。いったん家に帰って、車を出すのだそうだ。

セックスの淫臭を身体に染みつかせたまま帰るわけにもいかないので、沙希はシャワーを借りにバスルームへ向かった。

富美代は自分の脱いだ衣服からスマホを取り出し、早速電話をかけ始める。「凄いオチ×ポの子がいるのよ」と、友人たちへ次から次へと誘いをかけていった。

すると十分もしないうちに、一人、また一人と、千世子の部屋に女が訪ねてくる。皆、このマンションの住人だそうで、いかにも裕福な家の奥様という感じの者ばかりだった。全員が目を見張るような美人ではなかったが、深窓が似合いそうな上品で落ち着いた雰囲気は、それだけで年上好みの黒助の心をくすぐった。

沙希が帰る頃には、新たに五人の女が集まっていた。彼女らは黒助の剛直を見るや、一様に感嘆の声を上げる。まあ、なんて大きいの。まあ、まるでペットボトルみたい。まあ、まあ——。

千世子や富美代は服を着てしまって、黒助だけが素っ裸のまま。さすがに少々恥ずかしくなるが、セレブマダムたちが瞳を輝かせてペニスに見入り、小娘のようにきゃあきゃあと喜んでいるので、なんだかちょっと誇らしい気分にもなってくる。

一人が思い切った様子でペニスを握ってくると、残りの者たちもそれに続く。五つの手に代わるがわる握られ、撫でられ、しごかれて、黒助はたまらず先走り汁をちびってしまう。そんな若勃起の反応を目にした彼女たちは、ますます嬉しそうに沸き立つのだった。

「さあさあ、早速始めましょう」

富美代が場を仕切り、再び千世子のベッドルームへと移動する。新たに集まった五人は、富美代たちほど大胆ではないようで、多人数でのプレイには抵抗を見せた。黒助は一人ずつ順番に相手をする。

ただ、一人ずつとはいえ、ベッドルームで二人っきりになるわけではなかった。官能小説を書くときの参考にするためにいろんな人のセックスが見たいと、千世子が言ったのだ。富美代も仕切り役として、プレイの一部始終を見届けるという。そうなると順番待ちの女たちも、「私たちも見たいわ」と言いだした。多人数プレイは躊躇しても、他人のセックスにはやはり興味を禁じ得ないようである。

黒助は女たちの好奇の眼差しに緊張しつつ、キングサイズのベッドに再び上がる。

「じゃあトップバッターは、一番最初に来た鈴枝《すずえ》さんね」と、富美代が言った。

「ああ……人に見られながらするなんて初めてだから、やっぱりちょっと恥ずかしいわ。緊張するぅ……」

最初の相手の水城《みずき》鈴枝は、丸顔の可愛らしいぽっちゃりタイプだった。

衣服を脱ぎ、下着も外した彼女は、首や肩、二の腕だけでなく、腹部やウエストも柔らかそうに肉づいている。だが、腰から尻、太腿にかけてのラインはさらに豊かで、女性的な曲線美はまったく損なわれていなかった。言わずもがな、胸の膨らみは巨乳と呼ぶにふさわしいボリュームである。

そのうえ、贅肉《ぜいにく》のたるみのようなものはほとんど見当たらない。ぽっちゃりしていても、きっとその柔肉の下にはそれなりの筋肉が詰まっていて、肌を張り詰めさせているのだ。彼女も沙希のように、このマンションのジムに通って、日々頑張っているのかもしれない。

年齢は、おそらく三十代の前半と思われる。おとなしそうな顔立ちだったが、ここに真っ先に駆けつけてきたのだから、意外と好き者なのではと黒助は察する。

黒助は、仰向けになった鈴枝のムッチリした太腿を広げさせ、肉厚の秘唇にしゃぶりついた。割れ目の中に舌を蠢かせ、充分に濡らしてから、巨根を挿入する。

「ああーっ、お、おっきい」

膣肉はとても柔らかく、ペニスの隅々に、雁のくびれにまで吸いついてくる。クッションのように剛直を優しく受け止めてくれるので、黒助はどんどんピストンを励まして、ふわふわの熟れ肉を揺らしまくり、鈴枝の中にまずは一発目を放った。

無論、一瞬の休みも挟まずに続行。挿入したまま彼女の身体を抱き起こし、黒助の膝に座らせた。対面座位の深い繋がりで、巨根がさらに媚肉に食い込んでいく。

「あううぅ、奥まで入っちゃうわ。オチ×チンがお腹を突き破っちゃいそう……！」

重量級の豊臀のせいか、ペニスはますます膣底に食い込み、根元まですっかり潜り込んだ。黒助は大きな桃を鷲づかみにして、逆ピストン運動をせっせと介助する。やがて鈴枝はポルチオの悦を極め、ふくよかな全身を打ち震わせる。

「あ、あっ、痺れるぅ……お腹が蕩けちゃいそう……イッ、イクぅ……!!」

黒助は彼女の背中を力一杯に抱き締め、ぽっちゃりボディの柔らかさと温もりを全身で堪能した。まるで大きなぬいぐるみに思いっ切り抱きついているような、なんともいえぬ心地良さ、安心感と共に、黒助もまた吐精を果たす。

「うっく、ウッ……あぁ……!!」

射精の悦に浸りながら、しとどに濡れた巨乳の狭間へ鼻面を埋め込めば、熱気と共に鼻腔を満たす甘ったるいミルクの香りと、芳しい汗の刺激臭に、脳髄がジーンと痺れるようだった。

そして観客の視線を感じながらの絶頂は、照れくささもありながら奇妙な高揚感を伴って、先ほどの4Pとはまた少し違う昂ぶりを覚えた。

次の女の清水《しみず》明里は、年齢は四十歳前後と思われる、狐のような吊り上がった瞳が印象的な美人だった。彼女は優雅にベッドに横たわると、「舐めて」と一言。まるで召使に靴を履かせるよう命じるお嬢様の如く、黒助の前にその足を突き出してくる。

もしそれが悪臭を放つ汚い足だったら、黒助も不快に思ったかもしれない。が、明里の足は、足首から爪先まで、形が実に美しく整っていた。足の指は細長く、土踏まずも綺麗なアーチを描いている。よく手入れしているのか、爪はつややかに光っていて、踵《かかと》もなめらかだ。

足フェチではない黒助も、これほど美しい足なら嫌悪感など感じなかった。恭《うやうや》しく足首を持って、土踏まずに舌を這わせる。ここに来る前に洗ってこなかったらしく、彼女の足からは、それなりの汗と脂の匂いが感じられた。

だが、それはむしろ男心をくすぐる芳しさで、黒助は胸一杯に吸い込みながら舌奉仕を施し、指の一本一本も丁寧にしゃぶった。指の股に舌を差し込むと、くすぐったそうに指がキュッと丸まって、明里は「あぅん」と甘い声を漏らす。

足首から上も見事で、黒助は美しいカーブを描くふくらはぎを舌先でくすぐった。

右脚と左脚を交互に舐め進み、膝の裏の窪みに籠った悩ましい匂いと味を愉しんでは、うっすらと熟れ肉をまとった内腿にそっと前歯を食い込ませる。彼女はますます甘い声を上げ、いよいよ舌が股ぐらに到達した頃には、肉唇は驚くほどにぐっしょりと濡れそぼっていた。

（これなら、クンニの必要はないな）

正常位の体勢で、黒助はすぐさまペニスを挿入する。女壺が馴染むのを待って、緩やかに抽送を開始。巨根の凹凸で身体の内側を擦られた明里は、狐目を見開いてあられもなく乱れた。美脚を蜘蛛《くも》のように蠢かせ、黒助の首元に絡みつかせてきた。

嵌め腰を繰り出しながら、黒助は片方の脚を首から外し、土踏まずをねっとりと舐め回す。彼女は悲鳴を上げ、激しく腰をくねらせた。先ほど以上の反応から察するに、嵌められながら足の裏を舐められるのが好きなのだろう。黒助は彼女に、内股をくっつけた状態で足を持ち上げさせる。体育座りのポーズのまま、後ろにころんと転がったような格好だ。

股を閉じたため、肉唇が左右から圧迫され、ピストンの摩擦感はさらに強くなった。黒助はたまらずザーメンをほとばしらせるが、明里の左右の足の裏を舐めくすぐりながら、なおも肉杭で膣底を抉り続けた。

「ああん、好きよ、私、それが……足の裏を舐められながらオチ×チンを抜き差しされるのが大好きなの……イ、イクうぅ!!」

彼女のアクメの戦慄きが、足を通して黒助の舌に伝わってくる。

その後、膝が抜けたみたいによろよろと明里が退場すると、怯えたような表情の次の女がおずおずとベッドに上がってきた。

次の彼女の名前は金井弥生《かないやよい》。小柄で痩せ型。胸元の膨らみも控えめで、Cカップにはギリギリ届いていなさそうだ。二十代の後半と思われるが、顔立ちに幼さが残っていて、学生服でも着ていたら、女子校生に見えなくもないだろう。それでも歴とした人妻だそうだ。

緊張しているのか、気の弱い質《たち》なのか、妙におどおどしている。富美代が心配そうに声をかけると、彼女は黒助の巨根をチラチラと見ながら答えた。

「私には、やっぱり無理だと思います……」

最初にこの巨根を見たときは、その威容に感動すらしたそうだが、前の二人が嵌められている様子を見て、だんだん怖くなってきたのだという。小柄な弥生は、膣穴も小さいのだそうだ。

しかしせっかくの巨根を体験してみたい気持ちはあるらしく、彼女はシックスナインを求めてきた。黒助としても、小さな穴に無理に嵌めて、怪我でもさせてしまったら困るので、素直に受け入れる。黒助がベッドに仰臥すると、弥生は申し訳なさそうに反対向きで身体を重ねてきた。羽のように——といえば大袈裟《おおげさ》だが、その女体は驚くほど軽い。

隣人たちのセックスを目の当《まあ》たりにしてか、彼女の肉溝はすでにじっとりと濡れて、フルーティな甘酸っぱい香りを漂わせていた。黒助は人妻らしからぬ可愛らしい桃尻に両手の指を食い込ませ、割れ目に舌を擦りつけていく。

「はうっ……あ、あぁぁん、そんなにペロペロされたら……やっ、やあっ」

弥生は甘い喘ぎ声を漏らしつつ、丁寧に亀頭へ唾液を塗りつけていく。ザーメンだけでなく、他の女たちの淫蜜がたっぷり染みついているペニスを舐めることに、なんの抵抗もないみたいだ。

やがて彼女は、おずおずとこう言った。

「あの、もしよかったら……お、お尻の穴もいじってください」

「……え？」

「ここに来る前に、おトイレで一応洗ってきましたから……。で、でも、お嫌だったら結構ですので」

そして彼女は亀頭を丸ごと頬張り、薄い唇でせっせと雁首をしごいてきた。小さな口では、巨根の先端を含むだけで精一杯のようだった。

しかし黒助に不満はない。太マラの幹に細い指を巻きつけ、シコシコと擦ってくる弥生の手つきは、驚くほどに巧みだったから。手首のスナップを利《き》かせて、軽快にしごいてくる。さらには陰嚢にも甘美なマッサージを施し、指先を震わせて会陰《えいん》をくすぐってくる。

幼妻のような弥生の、風俗嬢もかくやという手慣れた愛撫の数々。そのことに興奮し、射精感の高まりを覚えた黒助は、負けじと彼女が求めた愛撫に挑んだ。すぐ目の前で息づく肉の窄まりは、薄桃色の粘膜も、中心に向かって均等に刻まれた小皺も儚《はかな》く可憐で、まったく嫌悪感が湧かない。膣穴から溢れた蜜を使って、指先でそっと撫でると、たちまち弥生は鼻息を乱し、小尻をピクピクと震わせる。

それでも弥生は愛撫を続け、黒助は口内射精に達する。多量の精を弥生が健気に飲み干してくれた後、黒助は体位の変更を提案した。俗にいうマングリ返しの体勢を取らせると、恥じらう彼女の双臀に顔をうずめ、肛穴をレロッと舐め上げる。シックスナインの体勢では、舐めたくても舌が届かなかったのだ。

「あひっ……そ、そんなことまでしていただかなくても……ああん、あううぅ」

黒助の頬に当たる尻たぶが悩ましげに痙攣する。黒助としては、毒を食らわば皿までという気分で、舌先で皺の一本一本をなぞり、中心をグリグリと圧迫した。

口では遠慮しても、アヌスへの舌愛撫に弥生はますます悦び悶え、膣穴からは止めどなく淫蜜が溢れ出してくる。黒助はそれを指先にまとわせ、張り詰めたクリトリスを丹念に磨き上げた。ほどなく彼女は、菊座を戦慄かせて昇り詰めた。

「ク、クリと、おぉ、お尻で、イッちゃいますっ……うううゥン……!!」

彼女は手足を投げ出してぐったりし、肛悦の余韻に喘ぐ。

すると、弥生がベッドから降りるのを待たずに、次の女が黒助の手をつかんで、ベッドルームの窓際へと誘った。

「私はここでしてほしいわ。もう充分濡れてるから、すぐに嵌めて、ね？」

次の人妻は、西向きの壁の一面にある窓ガラスに両手をつき、尻を突き出して、立ちバックでの結合を求めてきた。彼女の名前は林田《はやしだ》真央。恥じらうことなく自ら三十四歳と告げてきた。

彼女は野外プレイや露出プレイが趣味だという。以前は夫と共に青姦プレイの名所を巡ったり、女陰にローターを仕込んで高級百貨店でショッピングを愉しんだりしたこともあったのだとか。しかしあるとき、深夜の公園でプレイに及んでいるところを警官に見つかりそうになり、それ以来、夫はすっかり怖じ気づいてしまって、リスキーな行為に付き合ってくれなくなってしまったという。

夫の気持ちもわからなくはないが、今の黒助は熟女たちとの連続セックスで、理性や倫理観がだいぶ麻痺していた。愉《たの》しかったら、まあ、いいじゃないか。

ただ、一瞬、脳裏に亜美の顔が浮かぶ。もし彼女にバレたらどうなるだろう？　軽蔑されるだろうか？　カフェから追い出されるだろうか？

しかしそんな不安も、込み上げる淫らな好奇心に払拭された。黒助は肉棒を握り、ズブリ、ズブリと蜜穴へ挿入する。真央は剛直の拡張感に悲鳴を上げるが、緩やかに抽送を始めれば、やがてははしたない嬌声で喘ぎまくるようになった。後頭部のポニーテールが跳ねては振り乱される。

その有様を眺めていた富美代が呆れたように言った。「千世子さん、いいの？　あんなことさせて。もしも外の誰かに気づかれたら、この部屋の持ち主である千世子さんに迷惑がかかっちゃうかもしれないわよ？」

千世子は、大空に向かって痴態を晒す黒助たちを見て苦笑する。「まあ……大丈夫ですよ。たとえ誰かに見られても、なにをしているかなんてわからないでしょう」

この高層マンションの近くにある建物は、一番高くても十階建て程度。仮にそのビルの屋上からこちらを見ても、裸であることすら判別できないだろう。

だが、たとえばあのビルの住人が、望遠鏡でも使ってこの部屋を覗いていたとしたら、こちらだってそれはわからないのだ。しかし野外プレイ、露出プレイ好きの真央にとっては、そんなリスクこそが醍醐味《だいごみ》の一つなのだろう。

「あはぁん、このスリル、この解放感……いい、いいわぁ、たまらない……！」

真央は、自分の部屋の窓際でオナニーをすることもあるという。しかし単独でのプレイは、終わった後になにやら虚しい気分が襲ってくるのだとか。せっかくのスリルや興奮も、それを共有できる相手がいないと、醒めるのも早いのかもしれない。

「君はどう？　こういうセックス、愉しい？」

「え……ええ、まあ」

外に向かって己の性器をさらけ出し、羞恥心《しゅうちしん》など持たぬ獣の如く交わる行為。それは背徳的な解放感をもたらすと同時に、自然との爽やかな一体感を伴った。昏《くら》い感情と明るい感情が頭の中で混ざり合い、黒助は異様な昂ぶりを覚える。

「ウッ、ウッ!!」と呻いて、名状しがたい官能に打ち震えながら精を漏らした。

（確かに、これはちょっと癖になりそうだ）

射精の脈が治まるや、黒助は真央の膝の裏を抱え、股を広げるようにして、えいっと持ち上げる。小さな子供を抱えてオシッコをさせるときの、あの格好だ。

「ああっ、いやぁ、お股が丸出しになって……こんなの恥ずかしすぎるわぁ」

オシッコのポーズというだけでも恥辱的《ちじょくてき》なのに、巨根がズッポリと埋まって大口を開けている肉裂が、下界に向かってあからさまになっているのだ。

しかし、そういう恥ずかしさも真央にとっては悦びなのだろう。黒助がズンズンと肉棒を突き上げると、彼女は身をくねらせて喘ぎ、悩ましげに膣路をうねらせた。

「あうぅん、あぁぁ、いいわぁ、君、とっても最高……！」

黒助は筋骨隆々なマッチョタイプではなかったが、スリリングなプレイで脳が興奮し、アドレナリンが多量に分泌されているのか、二本の腕には力がみなぎり、しっかりと女体を支えることができた。そのうえで嵌め腰を轟かせ、本気汁を滴らせる肉穴を擦り立て、抉り続ける。真央は自ら双乳をめちゃくちゃに揉みしだきながら、高らかにアクメの歓声を上げる。

「もうダメ、イッちゃう、イクイクッ……アアーッ!!」

「ぼ、僕も……ウ、ウググゥ……!!」

黒助も膣壺に樹液を注ぎ込み、ゆっくりと女体を床に下ろした。

（これで、あと一人だ）

さすがに疲労感を覚えたが、股間の息子は黒助自身も呆れるほどに、まだまだ力感をみなぎらせていた。よろよろとベッドに戻ると、五人のマダムたちの最後の一人が、すでに衣服を脱いで待っていた。

「大丈夫ですか？　だいぶお疲れのようですけれど」

「だ、大丈夫です」

額に浮き出た玉の汗を拭ってそう答えると、最後の彼女は心配するように眉根を寄せつつ、新條信乃《しんじょうしの》と名乗る。

「私、四捨五入すると五十で、今年、孫も生まれた、正真正銘のおばあちゃんなんですけれど、それでも本当に抱いてくださいますか？」

黒助は――彼女の顔と身体を見る。確かに肌艶や張りも控えめで、若々しい身体とはいいがたい。掌にちょうど収まる程度の乳房は、さほど目立たないが若干しんなりとしている。

だが、四十代後半の一般的な女性に比べれば、充分に、いや遙かに魅力的だ。切れ長の涼しげな瞳に、一つ結びにした長い黒髪。すっきりした顔立ちの和風美人である。

ベッドの端にただ腰掛けているだけでも、オーラのような存在感があった。若い娘が決して持ち得ぬ、上品でありながら濃密な大人の色香を漂わせていて、黒助はゴクリと唾を飲み込んだ。

「も……もちろんです。あなたのような綺麗な人なら喜んで」

そう答えると、信乃は物静かに微笑む。口元のほうれい線すら、その優しげな美貌を損なうことはできない。

「まあ、お若いのにお上手ですね。そんなふうに言っていただけると、年甲斐もなくときめいてしまいます。うふふ」

では、これを使ってください——と、彼女は一本のチューブを差し出してきた。その表面には英語らしき表記しかなく、なんのチューブだかわからない。

「これは潤滑ゼリーです。私はなかなか濡れない体質なので」

若い頃からその傾向はあったが、四十路《よそじ》を過ぎた頃から、さらに濡れにくくなったのだという。

信乃はベッドに仰向けになり、静々と股間を広げた。そんな所作にすら品の良さを感じる。チューブを受け取った黒助は、蓋を開けて、掌に軽く絞り出した。思った以上にトロリとした粘液が垂れてくる。

黒助は花弁を始め、割れ目の隅々に薄いピンク色のゼリーを塗りつけていった。包皮を剝いて、ゼリーを絡めた指先でクリトリスを撫でると、彼女は「あ、ああ……うふぅん」と悩ましげな声を漏らす。

ただ、膣穴から女蜜が溢れてくることはなかった。黒助は何度も指にゼリーを垂らし、内部が充分に潤うまでたっぷりと塗り込んでいく。最後に自分のペニスにも塗りつけてから、信乃の中に入っていった。

指を入れてゼリーを塗ることが、膣肉をほぐすマッサージにもなったのか、それなりにスムーズに膣底まで挿入できた。彼女も痛がっていないようなので、黒助はゆっくりと腰を振り始める。ゼリーのぬめりは愛液とはやはり違い、少々粘度が硬めだったが、膣肉の柔らかさのおかげで抽送が引っ掛かることもない。膣圧はさほど強くなかったが、これまで味わってきたのとは違う潤滑ゼリー独特の摩擦快感に、黒助はたまらずストロークを速めていく。

信乃も感じているようで、色っぽく頬を赤らめ、ゆったりと腰をくねらせた。

「あん、あぁぁ……息子より年下の方に抱いてもらえるなんて……恥ずかしいけど、とても嬉しくて興奮します……あぁ、気持ちいい」

異変を感じたのは、嵌め始めてから二、三分ほど経った頃だった。

黒助は奇妙な熱さを感じた。女壺の中が火照っているのは確かだが、それだけでなく、ペニスそのものが熱を帯びているようだった。そして、さらに——

「な、なんか痒い……ムズムズします……！」

すると信乃が教えてくれる。さっきの潤滑ゼリーには媚薬《びやく》効果も含まれているんです、と。黒助が唖然とすると、彼女は微笑んで、時間が経てば効果は消えますから心配はいりませんよと付け足した。

むず痒くなったペニスが膣肉と擦れると、背筋がゾクゾクするような愉悦が駆け抜ける。蚊に刺された跡や、汗かぶれで赤くなったところを、後先考えずに掻きむしってしまったような刹那的な快感だった。それが性的な愉悦と相乗している。掻痒感《そうようかん》と肉悦の甘美なマリアージュを生み出しているのである。

(気持ち良くって、腰が止められない……！)

嵌め腰が加速していくのを、黒助はもはや制御できなかった。ヌチャヌチャ、グチュグチュ。粘度の高い肉擦れの音を鳴り響かせ、黒助は堪えることもできずにザーメンを噴き出す。「おうっ、ううぅッ!!」

そして最後の一滴まで出し尽くすのを待たずに、ピストンを続行する。媚薬成分のおかげか、射精直後であってもペニスは確実に摩擦快感を得る。

発情期の獣の如く、我を忘れて腰を振り続け、たちまちのうちにまた果てた。それでもさらにピストン。媚薬ゼリーの上から白濁ローションを塗りつけるように、またピストン。また射精。

（今日はこれで何度目だ？　十回以上出してるのは間違いない）

人間とはこれほど射精できるものなのかと、黒助自身、驚いた。看護師の優花が、雷に打たれて特異体質になった人がいるという話をしてくれたのを思い出す。この異常な絶倫ぶりも、雷に打たれたせいなのだろうか。だとしたら、男としてはありがたい恩恵だ。

さすがに一回の射精の量は少なくなっていたが、それでもまだ涸《か》れる気配はない。新たな高まりを覚えながら腰を振り続けると、信乃はまるで美酒に酔ったかのように瞳を蕩けさせ、うっとりと見つめてくる。

「ああ、凄い……。こんなにたくさん中に射精してもらったのは、結婚して、子作りに励んでいた頃以来です。どうしよう、困っちゃうわ」

信乃は中出しをされると、二、三日は肌がツヤツヤになるのだそうだ。

言われてみると、すでにその兆候が現れているようにも見える。玉のような汗を浮かべて濡れ光り、鮮やかな桜色に火照ったその肌は、まるで十歳は若返ったみたいな瑞々《みずみず》しさがあった。

「セックスをしたのが夫にバレてしまうかも……うふふ」

しかし、その顔はまったく困っていない。

「……旦那さんは、今日は？」

「休みです。うちでゴロゴロして……一緒に出かけましょうって誘っても、最近は全然付き合ってくれないんです……あぁ、あん」

信乃は「ちょっとお友達の部屋でお茶を頂いてきます」と言い、出てきたそうだ。

彼女の夫も、まさか同じマンションの中で自分の妻が若い男に嵌められ、中出しされまくっているとは、今頃、夢にも思っていないだろう。

黒助は背徳的な興奮に抽送を励まし、熟れきった柔膣を剛直で掻き回し続ける。すると信乃はますます吐息を乱し、震え声でアクメが近いことを告げた。

「あふぅ、うぅ、んんん……こんなセックスがまたできるなんて……ううん、これほど気持ちいいのは初めてです……この歳になって、こんな経験ができるなんて……あん、嬉しい、とっても素敵だわ」

最初に塗り込んだゼリーだけでなく、これまで注いだ三回分のザーメンにも幸せホルモンという天然の媚薬成分が含まれているのだ。膣粘膜からたっぷりと吸収されたそれが、きっと彼女の脳髄をも蕩けさせたに違いない。

物静かで淑《しと》やかだった信乃が、両腕で黒助を荒々しく抱き締め、背中に爪まで立ててくる。切羽詰まったように呻き、喘ぎ、息み——はしたなくも黒助の腰に両脚を絡みつけ、ついに昇り詰める。

「私、イキますっ……あっ、んんんっ、イ、イクッ、イクううぅ!!」

「ううぅ、イ、イキます、僕も……うぐうぅ!! は、はぁ、ううーっ！」

ようやく最後の彼女まで昇天させ、黒助は達成感に胸を満たしながら射精の愉悦に打ち震えた。

だが、まだだ。まだ終わりではない。

今日、まだ一度も絶頂させていない人がいるのだから。

6

黒助はベッドに大の字になって、しばし身体を休ませた。富美代を始めとする女たちは黒助を労《ねぎら》い、礼を述べ、ベッドルームから出ていった。

しばらくすると千世子が一人で戻ってくる。他の女たちは、皆、自宅に帰っていったそうだ。千世子はまた、ペットボトルのスポーツドリンクを持ってきてくれていた。黒助は五百ミリリットルのそれを受け取り、一気に半分以上飲み干す。

ベッドの縁に腰掛けて、千世子が言った。「みんな、とっても喜んでいたわ。富美代さんが、またお願いねって。うふふ、本当にお疲れ様、黒助さん」

黒助はペットボトルをサイドテーブルに置くと、自身もベッドの縁に、千世子に寄り添うように腰掛ける。

「〝お疲れ様〟はまだ早いですよ」と言い、千世子のスカートの中に片手を潜り込ませる。掌が湿った熱気に包まれる。

「えっ？　あ、ああん、駄目よ、黒助さん」千世子は身をよじり、スカートの上から黒助の手を押さえ込もうとした。「さっき、あんなにいっぱい射精したでしょう？　いくら若くても、これ以上は身体に悪いわ」

しかし黒助は強引に手を進め、彼女の股ぐらを指で探る。

軽くなぞっただけで、パンティがぐっしょりと濡れているのがわかった。

「あっ……やぁん」

「4Pのとき、千世子さんだけはイッてなかったですよね。お友達のセックスを見ながら、ずっとオマ×コを濡らしていたんじゃないですか？」

黒助は彼女の耳元に、吐息混じりに囁く。

「僕、ママのこともちゃんと気持ち良くしてあげたいんだ。ねえ、いいでしょう？」

「あ、あああん、くーちゃんったら……」

二人っきりになって、黒助と千世子の心は再び親子の契《ちぎ》りを結ぶ。

千世子の股ぐらから力が抜けていった。とはいえ、これだけ濡れているなら、もはやこれ以上、彼女の股間をいじる必要はない。

黒助のペニスも相変わらずで、いつでも挿入可能である。

千世子が再び生まれたままの姿になると、すぐさま正常位で重なり、煮え立つ蜜壺に剛直を差し込んだ。

「あっ、ううぅん……！　しょ、正直に言うわ。くーちゃんが私のお友達とセックスしているのを見て、ママ、とってもたまらない気分だったの。くーちゃんが取られちゃったみたいな気がして」

しかし、それであんなにパンティを濡らしていたのだから、あるいは千世子は嫉妬すら官能を高める材料にしていたのかもしれない。

「大丈夫だよ。僕のママは、ママだけだよ」

「ああっ、嬉しい……くーちゃん……私のくーちゃん」

千世子は下から黒助を抱き締め、唇だけでなく頬や額にも、啄むようなキスの雨を降らせてきた。

黒助が最も恋焦がれているのは、無論、亜美だ。

ただ、千世子と二人っきりになると、それを忘れてしまいそうになる。自分は本当に彼女の息子で、美しくも淫らなママが大好きなのだと錯覚しそうになるのだ。記憶を失った分、偽《にせ》の記憶が脳に刷り込まれてしまったのかもしれない。

黒助は徐々に嵌め腰を励まし、巨根で美母の膣穴を掘り返しては、ズズン、ズズンと子宮を揺さぶった。

「アーッ！　いいわ、いっ、いひぃぃ……くーちゃんのオチ×チン、お、おほぉ！」

悦びに身悶える千世子。膣肉も戦慄き、黒助も高まっていく。媚薬の効果が続いているのか、ペニスの感度は未だ良好。ほどなく樹液を放出するが、ノンストップで腰を振り続け、千世子も絶頂へと導く。

「イ、イクーッ!!　あ、あっ、待って、くーちゃん……マ、ママ、満足したわ、もう充分……おぉ、ほおぉん！」

「まだまだ。嘘ついたって駄目だよ。ママは一回イッたくらいじゃ満足できない、とってもスケベなママなんだよね？　そうでしょう？」

「ひいっ、ううっ……確かにママはスケベだけど、そうじゃなくて、心配なの、さすがにくーちゃんが……ウッ、んん、い、今、奥はダメえぇぇ！」

「僕なら大丈夫……だよっ！」

オレンジ色に染まるベッドルームで黒助は獣となり、文字どおり嵌め狂った。

日が暮れても、空腹にスポーツドリンクの残りを流し込み、口移しで千世子にも与え、なおも嵌め続け、何度も精を吐き出した。

黒助は己の精力を過信していた。いかに絶倫体質でも、いかに媚薬の効果があろうと、限界がなくなるわけではないというのに。

夜の闇に包まれた部屋の中、ベッドが軋《きし》む音、ゼエゼエと喘ぐ女の嬌声、そして肌と肌、性器と性器が触れ合い、擦れ合う感触だけとなった頃。

本日二十数回目の絶頂に達し、ちびるように射精して――

黒助は気を失った。

真っ黒な空間に黒助は立っていた。いつからそこにいるのか、自分はどこから来たのか、さっぱりわからない。

と、考える間もなく周囲の様子が変わる。真っ黒だった空間に、突然色がつく。瞬間移動でもしたみたいに、黒助はどこかの部屋の中にいた。オシャレで綺麗だけれど、生活感がまったくない部屋。ホテルの一室のようだ。キングサイズほどの大きな円形のベッドが強い存在感を放っている。

そこには黒助と——もう一人、女がいた。

その女は、今、人気絶頂のアイドル、梶原能理子だった。

彼女は瞳に怒りを露わにして、黒助を睨みつけていた。

「あなた、サイテーね。アタシ、もう帰るわ。バイバイ」

そう吐き捨てると、彼女はプイッと背中を向けて、部屋から出ていこうとする。

黒助は、追いかけなければと思った。どうして追いかけなければならないのかわからなかったが、そうしなければならないという思いが膨れ上がり、突き動かされる。

出入り口の扉へ向かう彼女。その背中を追う。しかし、なぜか追いつけない。

まるで黒助の身体だけ時間の流れが遅くなってしまったみたいだった。全力で走っても、手足はスローモーションのように動いて、身体がちっとも前に進まない。

(なんだ、これは……⁉)

戸惑っているうちに扉はバタンと閉まり、彼女はいなくなった。

脚がもつれて黒助は倒れる。倒れ方もゆっくりだった。時間をかけて床が迫ってくるので、とても高い場所から落下しているような気持ちになった。

床に衝突した——と思った瞬間、
黒助は自分が夢を見ていたことを理解する。

気がつけば、自分の身体は床ではなく、ベッドに横たわっていたから。セレブマダムたちと肉の宴を繰り広げた、あのベッドに仰向けになっていた。

「ああ……良かったわ。気がついたのね」

部屋の灯《あか》りがついていて、全裸の千世子が四つん這いになり、黒助の顔を覗き込んでいた。彼女が言うには、黒助は五分ほど気絶していたそうだ。

急に黒助が動かなくなったので、千世子は最初、黒助が腹上死してしまったのではと考え、心臓が止まりそうになったという。

「だけどくーちゃん、息はしていたし、心臓も動いていたから……でもやっぱり心配で、救急車を呼ばなければいけないかしらって、本気で考えていたのよ」

千世子は涙目のまま、ほっとしたように微笑んだ。

黒助は身体を起こし、「大丈夫ですよ」と笑い返してみせる。寝起きのようにちょっと頭がボーッとしていたが、それ以外は特に問題はなさそうだった。

ただ、とても嫌な気分が胸の内に残っている。

夢の中であのアイドルに言われた言葉が、頭の中に染みついていた。

あれは自分の脳が作り出した、なんの意味もないただの夢の台詞《せりふ》ではない。自分はかつて、現実にあの言葉を聞いたことがある。その確信があった。

(記憶の一部が蘇ったのか……?)

しかし、それ以上のことは思い出せなかった。黒助は覚醒しきっていない頭を拳でトントンと叩く。何気なく自分の股間に視線を下ろし、おや? と思う。

ペニスが、やけに小さい。

いや、気を失っている間に勃起は治まっていたのだが――

素の状態の陰茎が、なんだかいつもより小さくなっているような気がしたのだ。

第五章　世界に一つの花と茎

1

ペニスの異変は気のせいではなかった。

高層マンションのマダムたちを相手に射精しまくった黒助は、もうセックスは当分しなくていいという気持ちで、翌日、翌々日と、静かに過ごした。しかし、若い身体はその二日間でしっかりと回復し、三日目の朝、目覚めた黒助の股間は、ピンと立ち上がっていた。

その有様を見て、黒助は「あれっ？」と声を上げてしまった。

朝勃ちしたこと自体に戸惑ったわけではない。

パジャマのズボンの膨らみが、とても小さかったのだ。

ズボンを脱いでボクサーパンツをめくってみると、そこにあの巨根はなかった。

ペニスは間違いなく勃起していた。が、その長さは十センチにも満たない。

(勃起してるのに、この大きさ？　どうなってるんだ……？)

それは黒助が見ているうちに、しおしおと縮んでいったのだった。

ひとたび充血してしまったら、放っておいても一時間は屹立し続けるはずの黒助のペニス。それが、こんなにもあっさりと萎えてしまって、ますます困惑した。

その日の夜、黒助は自室でこっそりとオナニーをしてみた。

やはりペニスは、完全勃起状態になっても、以前の半分にも及ばぬ大きさだった。

そして一回射精しただけで、あっけなく萎えてしまった。

数日前までの、巨根と絶倫を誇っていたペニスとは、明らかに様子が違っていた。

いったいどうしてしまったのか、黒助は混乱する頭で考えた。

(もしかして、これが僕の元々のチ×ポなのか？)

雷に打たれたことで、勃起サイズと精力が並外れたものになっていたが、それが元に戻ったのだろうか。なぜ急に？　セレブマダムを相手に酷使しすぎたから？

黒助は憂鬱な気分になった。

ペニスの大きさは、男の自信に繋がる。記憶と共に〝自分〟を失った黒助にとって、あの巨根は、胸を張って立っているためのたった一つの拠り所だったのだ。

次の日、亜美は用事があると言って、昼過ぎに車で出かけていった。

「一時間ほどで帰れると思いますので、お留守番、よろしくお願いしますね」

亜美が戻るまで、カフェは〝準備中〞にする。黒助は一人っきりの店内でしばらく読書をしていたが、どうにも集中できなくて、いったん本を閉じた。

心が落ち着かないのは、ペニスのことだけが原因ではない。

先日、千世子のベッドで失神した黒助が、夢の中で人気アイドルから言われた言葉。あれも心を乱す一因だった。

――あなた、サイテーね。アタシ、もう帰るわ。バイバイ。

(現実にも〝サイテー〞って言われたのかな。あのアイドルから……。だとしたら、僕は彼女とどういう関係だったんだろう?)

あの言葉は、まるで恋人同士が喧嘩別れをしたときの台詞みたいだった。

頭の中がムズムズする。なにかを思い出せそうで思い出せない――そんな感覚に苛々《いらいら》した。店の中の端から端へ行ったり来たりし、「クソッ」と吐き捨てる。

そのとき、店の出入り口の扉がノックされた。

扉の外側には〝準備中〞の札がかかっているはずなのに、誰だろう? 気分が悪かった黒助は、最初、無視しようかと思った。しかし、大事な用件でやってきた人かもしれないと思い直し、扉を開けた。

そこに立っていたのは、あの看護師の優花だった。

彼女は目を丸くし、「わっ、く、黒助くんっ？」と、飛び上がるように身を引いた。

思わぬ来客に黒助も驚く。「優花さん、どうしてここに？」

優花は、たまたまコーヒーを飲みにやってきた客ではなかった。

ほどなくして彼女は落ち着いたが、今度はばつが悪そうにモジモジしながら、

「ご、ごめんなさい。患者さんの個人情報を私的に利用するなんて、絶対に駄目ってわかってたんだけど……」と言った。

黒助が一晩入院したとき、その入院費を出したのは亜美。だから入院手続きで、亜美の連絡先や住所を書類に記入してもらっていたという。

それで優花は、仕事が休みの今日、その住所を訪ねたのだそうだ。

「黒助くんが今どこにいるのか、月島さんなら知ってるんじゃないかと思って……。まさか、ここで黒助くんに会えるとは思ってなかったけど」

「……僕を捜してたんですか？」

優花は頬をぽっと染めて、小さく頷いた。

「黒助くんとのセックスが忘れられなくて……えへへ」

どうやら彼女は、巨根で嵌めまくられる快感の虜となってしまったようである。

数日前までの黒助なら、そのことを素直に喜んだことだろう。Tシャツとスキニージーンズの上にロングカーディガンを羽織った優花は、明るく元気な彼女らしいカジュアルさで、看護師の制服のときとはまた違った魅力を見せてくれていた。

黒助だって、また優花とセックスしたいと思う。

だが、今はもう、彼女の期待に応えることはできない。

「すみません、糸井さん。あれからいろいろあって、僕のチ×ポ、小さくなっちゃったんです……」

「え……？」

黒助は、勃起のサイズが縮んでしまった経緯を説明した。

すると優花は、実際に見せてほしいと言ってくる。「看護師として気になるわ」

「そ、そうですね……。じゃあ、お願いします」

黒助としても、自身のペニスの異変について、医療従事者の考えを聞いてみたかった。優花に店の中へ入ってもらって、扉に鍵をかける。

優花は店の奥をうかがいながら、こそこそと尋ねてきた。「ところで、月島亜美さんは今いないの？　ここ、あの人のお店でしょ？」

「はい。でも亜美さんは外出中なんです」

「じゃあ、黒助くんが留守番してるってわけ？　どうして？」

優花は、黒助がこのシーサイドカフェに居候させてもらっていることを知らない。

そのことを話すと、彼女はなんだかつまらなそうな顔になった。

「もし黒助くんが、まだ行き場に困っていたら、私の部屋に住まわせてあげてもいいかなって考えてたんだけど、必要なかったみたいね。ざーんねん」

その言葉に黒助はドキッとする。が、優花はすぐに笑顔に転じ、

「ここでいいよね？　さあさあ、ズボンとパンツを下ろして」と促してきた。

「え、ここって……お、お店の中でですか？」

他に誰もいないとはいえ、カフェの店内で己の陰部を露わにするというのは、なんとも恥ずかしいし緊張もする。

ただ、家主である亜美が留守の間に、勝手に他人をプライベートな空間まで招き入れるのも、良くないことのように思えた。黒助は少し悩んでから、優花の言うとおりにした。

ズボンとパンツをすねの辺りまで下ろして、窓際の席に、背もたれを壁にくっつけ

るようにして座る。これなら、たとえ窓から覗き込む者がいたとしても、黒助の股間の有様は死角になって見えないだろう。

優花は黒助の前にしゃがみ、うなだれたペニスを見つめてきた。

看護師の目でまじまじと観察し、うーんと唸る。

「この状態じゃなんともいえないから、ちょっと勃起させちゃうね」

優花の指が亀頭をつまみ上げ、優しく揉んできた。さらに親指の腹を裏筋に当て、こね回してくる。感度だけは相変わらずのペニスは、敏感に愉悦を感じ取り、たちまち充血を始めた。

「ちょ……あぁ、あうぅ」

看護師の淫らなマッサージで、あっという間に肉棒は完全勃起状態となる。

「これで最大サイズかぁ。ううん、八センチくらいかな。確かに、あのときとは比べものにならないくらい小さいね。……あ、ごめん」

黒助は引き攣った笑みを浮かべた。「いえ、いいんです」

優花は鼻先を近づけて、ペニスの匂いを嗅ぐ。匂いそのものに以前との明確な違いはなかったようだが、

「前のときは、黒助くんのオチ×チンの匂いを嗅ぐと、酔っ払ったみたいに頭がふわ

ふわしてきちゃったんだよね。でも、今日はそうならないわ」

どうやら、異性を狂わせたあの牡フェロモンまで失われてしまったようだ。

黒助はがっくりと肩を落とす。すると優花が、まあまあと慰めてくれた。

「そう落ち込まないで、ね？　大丈夫よ、人差し指くらいの長さがあれば、問題なくセックスはできるんだから」

彼女はペニスに指の輪っかを巻きつけ、シコシコと手コキを励ましていった。

黒助は高まる性感に呻いた。鈴口からは先走り汁がトロトロと溢れ出た。

射精感が募っていく。そのことを告げても、優花の手は止まらない。結局、黒助は、そのまま絶頂まで追い込まれてしまった。ゆっくりと時間が流れる静かなカフェの店内で、白濁の液弾を一発、二発、三発と、次々にぶっ放した。

「あぁっ……うぐっ、くっ、ううぅっ……!!」

優花は、多量のザーメンをすべてその口で受け止め、飲み込んでくれた。

射精を終え、彼女の口から吐き出されたペニスは、すでに半分近く萎えていた。

優花はなにも言わなかったが、その表情は寂しげだった。

勃起の大きさが変わってしまった原因は、優花にもわからないという。

「でも勃起したときは、しっかりオチ×チンが硬くなっていたし、血管系の病気とかではないと思うのよね」

気になるなら、まずは泌尿器科で検査を受けてみて。

そう言って、彼女は帰っていった。

パンツとズボンを穿《は》き直した黒助は、そのまま椅子にもたれて、しばらくボーッとした。優花とセックスすることは、多分、もう二度とないだろう。そう思うと、なんだか妙にやるせなくなって、落ち込んでしまったのだ。

しかし、気分が優れない理由はそれだけではなかった。

頭の中になにかが引っ掛かっているみたいだったのだ。

優花の手コキで射精した後、理性が次第に戻ってくると、その感覚がどんどん強くなっていった。引っ掛かっているなにかを外そうとして、黒助は自分の手で、頭を強く叩いた。痛くても、何度も何度も。

そのとき、また女性の顔が脳裏をよぎった。

あの人気アイドルの梶原能理子によく似ている。けど、顔の輪郭や、目の大きさが、ちょっとずつ違った。似ているけれど、別人だ。

頭の中に、今度は声が響く。人を馬鹿にして嘲笑《あざわら》うような、蓮《はす》っ葉《ぱ》な口調だった。

——それで勃起してるの？　人差し指くらいしかないじゃん。

その途端、黒助の胸中にとても嫌な気分が膨れ上がる。

なにかを思い出しそうだった。おそらく、この嫌な気分に関する記憶だ。

(嫌だ……これは……思い出したくない……!)

本能的にそう思った。だが、抑えられなかった。

頭の中に、まるで雷にでも打たれたような衝撃が駆け抜けた。

ビクッとして、身体が椅子から落ちそうになって――

その直後、黒助はすべてを思い出していた。梶原能理子に似た彼女が、いったい何者なのか。自分とどういう関係があったのか。

そしてもちろん、自分自身のことも。

「僕の本当の名前は……吾妻新一《あづましんいち》」

2

用事を終えて帰ってきた亜美に、新一は、記憶が蘇ったことを伝えた。

亜美は、まるで〝黒助〟の記憶は回復しないものだと思っていたみたいに驚いて、

「え……?」と言葉を失った。

新一は、自分になにがあったのかを話し始める。

二十歳の大学生だった新一は、ある日、友達から飲み会に誘われた。それは合コンのようなもので、知らない女子が何人も来ていた。その中に、山田李莉菜《やまだりりな》がいた。

李莉菜は顔や髪型、ファッションも、アイドルの梶原能理子にとても似ていた。

梶原能理子の大ファンだった新一は、酒の勢いもあって、積極的に李莉菜に話しかけた。すると、李莉菜も梶原能理子の熱心なファンだとわかった。新一は周囲をそっちのけにして、李莉菜と熱く語り合った。

話が弾めば、酒も進む。新一はしたたかに酔い——気がつけば、李莉菜とラブホテルにいた。彼女は新一の前で、早速服を脱ぎ始めた。

理性が戻ってきた新一は、出会ったばかりの相手とセックスをすることに躊躇した。

だが、新一は童貞だった。せっかくのチャンスを棒に振ることはできず、結局は欲情を昂ぶらせて、自身も服を脱いでいった。

新一がパンツを脱ぐと、李莉菜は指を差してケラケラと笑った。

「え、嘘、それで勃起してるの？　人差し指くらいしかないじゃん」

李莉菜としては、それほど悪気はなかったのかもしれない。

だが、以前から陰茎の大きさに劣等感を持っていた新一は、異性からの辛辣《しんらつ》な言葉に激しく傷つき、屹立も萎えてしまった。呆れた顔の彼女の前で、自分でしごいて必死に勃たせようとする、その惨めさ。のしかかるプレッシャー。まさに人生で最悪の瞬間だった。

そして、やっと回復して挿入するも、童貞卒業の感慨に浸る間もなく、あっけなく射精してしまう。その早漏ぶりに怒った彼女は、一人でさっさと帰ってしまった。その去り際の台詞が、

「あなた、サイテーね。アタシ、もう帰るわ。バイバイ」だったわけである。

それから三日間、新一は、一人暮らしをしているアパートの部屋に篭《こも》り続けた。ろくに眠れず、食欲も湧かず、身も心も弱っていった。李莉菜のことを思い出してしまうので、大好きな梶原能理子のライブ映像も観られなくなり、部屋に貼ったポスターも剝がした。それでも李莉菜の嘲笑が、蔑むような眼差しが、一日に何度もフラッシュバックするようになった。

もはやまともな精神状態ではいられなくなり、しまいには李莉菜ではなく、梶原能理子に貶《けな》されているような気がしてきたのだった。新一はもう生きているのが嫌になった——。

「それで、ネットで自殺の名所を調べて、この場所に来たんです……」

「そうだったんですか……」亜美は眉をひそめ、うつむいていた。「じゃあ黒助くん……ううん、新一くんは、やっぱり自殺しようとしていたんですね」

新一と亜美は、店内のテーブル席に向かい合って座っていた。

「はい」と、新一は頷く。崖の先に向かって歩いていったところまでは覚えていた。おそらくは、その途中で落雷を受けてしまったのだろう。

こうしてすべて思い出せたのは、優花の言葉がきっかけだったと思われる。

『人差し指くらいの長さがあれば、問題なくセックスはできるんだから』

〃人差し指くらい〃がたまたま重なったことで、

『それで勃起してるの？　人差し指くらいしかないじゃん』という李莉菜の言葉が、記憶の欠片《かけら》として蘇った。そこから芋づる式に、すべてを思い出したのだろう。

「でも、あの……」亜美は恐る恐るといった様子で尋ねてきた。「新一くんのオチ×チンが人差し指くらいって、どういうことですか……？」

「僕のチ×ポは、元々はそれくらいの大きさしかなかったんです」

雷に打たれたことで体質が変わることがある。新一はそのことを亜美に説明した。

亜美は一応納得してくれたようだった。そして、安堵したように微笑んだ。

「じゃあ、その雷のおかげで、新一くんの悩みは解決したようなものですよね。だって今では……あ、あんなに大きなオチ×チンなんですから」

今度は新一がうつむき、首を横に振った。

「それが……数日前から、急に元の大きさに戻っちゃったんです」

「えっ……そ、そうなんですか？　どうして……」

「それは、わかりません」セレブマダム相手にやりまくったせいだとは言えないので、詳しいことは説明しないでおく。

新一は下を向いたまま、嘆きの吐息をこぼした。

もう一度セックスしたいと言っていた優花は、手淫だけして帰っていった。

千世子が愛したのは、巨根と絶倫で彼女を満たした〝くーちゃん〟だ。

（二人とも、今の僕にはもう用はないだろう。亜美さんだって……）

新一の記憶は蘇り、陰茎も元どおりになった。トラウマに苦しみ、股間の劣等感に絶望していたあの頃の――自ら死を求めた自分に戻ってしまったのだ。

「僕は……これからどうすればいいんでしょう……？」

そもそも、新一がシーサイドカフェに居候《いそうろう》させてもらえたのは、記憶喪失で帰る家もわからなかったから。記憶が回復した以上、ここに置いてもらえる理由はない。

視界が歪んだ。目尻からこぼれたものが、頬を伝って、足元に滴り落ちた。

亜美が、無言で立ち上がる。

彼女はカウンターへ入って、コーヒーの準備を始めた。その目は、手元ではなくもっと遠くを見つめていた。ずっとなにかを考えているようだった。

二杯のコーヒーを持って、亜美は戻ってきた。片方のカップを新一の前に置き、彼女は静かに一口すすった。

そして亜美は語りだす。しかし、それは慰めの言葉ではなかった。

「……私、付き合っていた男性がいたんです」

人見知りで恋愛に奥手だった亜美の、初めての彼氏だったという。

交際は二十六歳のときから始まり、亜美は彼のことを心から愛していたそうだ。いずれはこの人と結婚するんだと、ずっと思っていたという。

だが、付き合い始めて四年目に彼が告げてきたのは、プロポーズではなく、別れの言葉だった。

君のことは愛していたけど、セックスには一度も満足できなかった。身体の相性が悪すぎたんだ。そう言って、彼は去っていった。亜美がなにを言っても、彼は考え直してくれなかったという。

「私のアソコ……はっきりいって緩いでしょう？　それが原因でした」

亜美の心は深く傷ついた。その苦しみは日に日に増して、ついには耐えられなくなった。こんな身体では、別の男性と付き合ってもまた振られてしまう。きっと私は、一生夫も子供もいなくて、独り寂しく死んでいくんだわ。それならいっそ――。

「私も自殺を考えて、この場所に来たんです」

亜美は遺書を用意し、あの崖に立ったそうだ。

しかし、結局は飛び降りられなかった。恐ろしくて、ガクガクと膝が震えて、逃げるように立ち去ったという。そして、もうなにも考えられずにとぼとぼと歩き、たまたまこのシーサイドカフェを見つけたのだとか。

なにかに誘われるように店に入り、亜美は、当時のシーサイドカフェのオーナーと出会った。そのときは二言、三言のやり取りをした程度だったが、オーナーの言葉には不思議な温かさがこもっていたという。コーヒーも苦味と酸味が控えめの優しい味わいで、亜美はいつしかボロボロと泣いていたそうだ。

「だから新一くんのお話を聞いて、思ったんです。私たち、似た者同士だなって」

新一の鼻先に、コーヒーの芳ばしい香りが流れてくる。

カップを持って、一口すすった。亜美が先代オーナーから受け継いだ、まろやかな優しい味だ。このコーヒーを飲んで亜美は泣いてしまったのだろう――そう思うと、新一の目頭も熱くなった。

（亜美さんも、僕と同じような境遇だったのか）

そのシンパシーは、素直に嬉しかった。

だが、新一の胸中には、それ以上の失意が湧き上がっていた。

大口の膣穴と、極太のマラ。二人の身体の相性は最高だったはずだ。あの巨根があれば、これからもっと彼女を悦ばせることができたはずである。

少しずつ冷めていくコーヒーを呆然《ぼうぜん》と眺める新一。

と、不意に亜美が立ち上がった。彼女に手を取られ、新一も席を立つ。

亜美は言った。「新一くん、キスしてくれませんか？」

「え……？」

「駄目ですか？」

「……だ、駄目じゃないです」

透き通るように輝く琥珀色の瞳に見つめられ、戸惑いながらも首を横に振る。

すると亜美は、面映ゆそうに頬を上気させつつ、新一をそっと抱き締めてきた。

新一も、彼女の腰に両腕を絡めた。そして、ドキドキしながら顔を上げる。

亜美の方が背が高いので、新一は踵をちょっと持ち上げた。彼女の美貌が近くなって、互いの唇が重なった。

　思えば、彼女と口づけを交わすのは、これが初めてだった。憧れの人の唇の感触に興奮し、頭の中の暗雲は吹き飛ばされていく。

(肉厚じゃないけど……プルプルしていて、柔らかい)

　亜美は、新一の唇を積極的に啄《ついば》んだ。新一がちょっと口元を緩めると、すぐに舌を潜り込ませてきた。彼女の舌が、新一の舌に擦り寄ってくる。甘い唾液が流れ込んできて、新一はうっとりとそれを飲み込んだ。

　そして亜美は唇を離す。潤んだ瞳でじっと見つめてきた。

「私、黒助くん……新一くんのことが好きです」

　新一を抱き締める腕に、ギュッと力が込められた。彼女の豊かな胸の膨らみが、新一の胸板との間で艶めかしく押し潰された。

「だからキスしただけで、今、とても幸せな気持ちです。先代のオーナーが言ってました。身体の相性はもちろん大事だけれど、心の相性も大事だって」

　新一くんは、どうですか？

　亜美が尋ねてきた。新一も、彼女を強く抱き締めて答えた。

「ぼ、僕も……好きです、亜美さん」

爪先立ちになって、彼女の唇を奪う。先ほどよりも大胆に舌を絡ませ、粘膜同士のゾクゾクするような摩擦快感に浸った。彼女の甘くて熱い鼻息を、胸一杯に吸い込んだ。

気がつくと、ズボンの前が膨らんでいた。新一は慌てて腰を引いたが、すぐに彼女の腰が追いかけてきて、スカート越しに股間を押しつけてくる。

「あ、亜美さん……」

亜美はうふふっと笑って、新一に囁いた。

いいんですよ、私ももう濡れていますから。

「ほ、ほんとですか……？」

「はい、新一くんとのキスで……。ねえ、新一くん、先代のオーナーが私に教えてくれたことがあるんです」

心の相性が良ければ、キスだけでも昇り詰めることができるようになる――と。

「新一くん、お願いです。いつかキスだけで、私をイカせてください」

「は……はいっ！」

心が深く繫がり合えば、たとえ身体の相性が悪くても、悦びを得られる。

それは大きな救いだった。新一は胸を熱くして、もう一度亜美に口づけを捧げた。

舌粘膜の交わりに、その愉悦に、新一は我を忘れそうになる。ズボンまで染みるほど、ペニスは絶え間なくカウパー腺液を漏らした。
脳が蕩けてしまいそうになりながら、
これなら本当にキスだけで達しそうだと思った。

3

翌日、新一は自分のアパートに帰った。新一は大学二年生で、残念ながら、いつまでもモラトリアムな生活を続けることはできなかった。

新一としては、毎日シーサイドカフェに通いたかったが、それは難しかった。なにしろ新一のアパートからは、片道だけで二時間以上かかるのだ。仕方がないので、土曜日の授業が終わった後にシーサイドカフェを訪れ、一晩で一週間分愛し合い、日曜日にまた帰る——ということにした。

シーサイドカフェに客としてやってきた千世子と顔を合わせることもあった。

千世子は、新一の記憶が戻ったことを、亜美から聞いていた。良かったわねと、優しく微笑みながら言ってくれた。

あれから千世子の小説は、無事に完成したという。それだけでなく、完成原稿を思い切って出版社に送ってみたところ、なかなかの高評価がもらえたそうだ。

「私に編集さんがついたのよ。今はその人と、出版を目指した企画を練っているわ」

新一が例のマンションでセレブマダムたちに嵌め狂ったあのとき、千世子はその有様を眺めて嫉妬しながらも、妖しい官能に目覚めていたという。だから次の作品は〝寝取られ〟小説にするつもりなのだとか。

「もしプロデビューが決まったら、お礼をさせてちょうだいね。新一さんが協力してくれたおかげで、編集さんの目に留まるような作品が書けたんだから」

手料理をご馳走するから、是非、うちに来てちょうだいと、千世子は言った。

そして新一だけに聞こえるように、そっとこう耳打ちする。

「もちろん、二人っきりで――。そのときはまたママって呼んでちょうだい。ね？」

千世子にとって、今でも新一は、愛しい〝くーちゃん〟なのだ。

新一は戸惑いながらも、つい頷いてしまったのだった。

こうして新一は、自殺しようとしたことなどほとんど忘れ、幸せな日々を送っている。週に一度しか会えないというもどかしさも愛を育《はぐく》む要素となり、亜美との仲は深まる一方だった。

ただ、一つだけ誤算があった。

まったく思いもよらなかった、嬉しい誤算だ。

なんと、ペニスの勃起サイズが元に戻ってしまった今でも、新一と亜美の身体の相性は抜群のままだったのだ。

新一が、セックスが始まってからほんの二、三分で果ててしまうような早漏だったのは、ペニスの感度が並外れて高かったせいである。

そのため、亜美の膣穴のかなりソフトな締めつけでも、充分な快感を得られた。十分近く、じっくりと抽送を愉しんでから射精することができたのだ。

一方の亜美は、中ではなく外、クリトリスで絶頂するタイプ。つまり、膣内における摩擦感はさほど重視していなかった。挿入物がたとえ人差し指大でも、セックスの快感はほとんど変わらないという。

むしろ肉の摩擦が弱ければ、その分、ピストンは速くなり、より激しく恥骨と恥丘がぶつかり合う。その方が亜美にとっては嬉しく、いっそうのクリ悦が得られるのだそうだ。

十二月のある土曜日。その日の夜も、新一は亜美のベッドルームに入った。

早々に服を脱ぎ捨て、抱き合いながらベッドイン。濃厚な口づけで互いの唾液を交換した後、新一は美巨乳の原形がなくなるほどに揉みほぐし、亜美の媚声を聞きながら乳首をしゃぶり尽くした。

そして彼女の股ぐらに吸いつき、ズル剝けにした大粒の肉豆を執拗に舐め転がす。

「はっ、はっ、はひぃぃ！　ね、根本からそんなにぃ……あっ、ああっ、クリが、痺れて、と、溶けちゃいますぅ……イッちゃう、イクーッ！」

絶頂しても休ませず、続けてさらにもう一回、クンニの悦を極めさせた。

最近の新一は、彼女と相性抜群のペニスだけに頼らず、手技、口技の向上にも力を入れている。通常のセックス以外にも亜美を悦ばせられる方法があるのなら、積極的に試してみた。

そして今夜は、これまでとはまた違うことに挑戦するつもりである。

「それじゃあ亜美さん、始めてもいいですか？」

「は、はい、覚悟はできています。……ど、どうぞ」

亜美に四つん這いの体勢を取ってもらうと、新一は彼女の美臀の前にしゃがんだ。

その手には、一本のチューブを握っている。千世子のマンションの友達、アラフィフの美熟女、あの新條信乃が持っていた媚薬成分入りの潤滑ゼリーである。千世子を通じて、今夜のために信乃から譲ってもらったのだ。

まずは穴の表面、ピンク色の肛門粘膜にゼリーを塗りつける。それから指圧をするように、グッグッと指の腹を押しつけていった。少しずつ柔らかな感触になっていき、穴の縁がほぐれていくのが感じられる。

「うぐ……あうぅ……お尻の穴がなんだかムズムズして……か、痒いです……！」

「大丈夫です。後でとっても気持ち良くなれますよ」

新一は事前にいろいろと調べていた。酒を飲むと、アルコールで筋肉が弛緩《しかん》して、アナルセックスがしやすくなるというので、今夜の夕食時に、亜美には泥酔しない程度のビールを飲んでもらっていた。そのおかげか、アヌスの皺の中心に人差し指を当てて、少し力を込めると、思ったよりも容易に指先が埋まっていった。

「ううっ……お、おおぉ……入ってくるうぅ」

亜美は異物感に低い声で唸るが、しかし痛みはほとんど感じないという。

第一関節まで入ったらいったん抜き、新たなゼリーを指に載せたうえで、再び挿入した。今度は直腸の内側へゼリーを塗り込んでいくのだ。もちろん、肛肉へのマッサージも兼ねている。

(亜美さんのお尻の穴に、僕の指が……。ああ、なんだか凄く興奮する)

キューッと指が締めつけられる感覚にも胸が躍った。ソフトな膣壺よりも遙かに強い締めつけで、この穴に嵌めたらどれほどの快感だろうと、想像するだけでペニスがうずうずしてきた。

排泄《はいせつ》器官に指を差し込むのは初めてだったが、愛しいハーフ美女の肛門なら、嫌悪感など少しも湧かなかった。

それに今夜の情事の前に、亜美にはトイレの温水洗浄便座で肛門をよく洗ってもらっている。尻たぶを大きく割って、後ろの口を広げると、温水が直腸まで入り込んでくるので、それを浣腸《かんちょう》の代わりとしたのだ。本来はきちんと浣腸などを使ってケアすべきだが、さし当たりのプレイのためなら、大きな問題はないだろう。

おかげで、肛穴から引き抜いた新一の指には、汚れのようなものはいっさいついていなかった。

新一は指が届く限りの隅々まで、たっぷりとゼリーを塗りつけた。媚薬成分が早くも効いてきたようで、亜美の吐息は確実に艶めかしくなっていった。

試しに新一は、指を根本まで差し込んだ状態で、グルッと半回転させた。

「ヒイイッ⁉　おっ、おほおおぉ」

亜美はビクッと背中を反らし、全身を強張らせ、戦慄かせた。それが治まるまで、肛門は強烈に指を締めつけてきた。

さらに新一は手首をひねって、ドリルの如く人差し指を回転させる。アヌスの皺が渦巻き状になり、穴の縁が左右にねじれて、亜美は淫靡な奇声を上げまくった。割れ目の奥からは新たな女蜜が溢れ出し、花弁から朝露《あさつゆ》の如く今にも滴りそうである。

もう充分だろう。新一は指を引き抜き、後背位の体勢となって、ゼリーまみれの肛門に亀頭をあてがった。フル勃起した八センチの肉棒は、硬さだけなら巨根のときと少しも変わらず、天を仰ぐ勢いで反り返っている。

「亜美さん、いきますよ。できるだけ力を抜いてくださいね」

深呼吸をして、亜美は精一杯のリラックスに努めようとした。

「は……はいぃ……あ、あぁぁ」

新一は、もらわれてきたばかりの仔犬をなだめるように、彼女の震える尻を優しく撫でる。そして頃合いを見計らい、狙いがずれないように幹の根本をしっかりと握って、静かに腰を押し出した。

メリッという一瞬の抵抗感。

だが、肛肉はしっかりとほぐれていたようで、さらに腰に力を入れると、ペニスは着実に彼女の中へめり込んでいった。

放射状の皺がピンと伸びて、アヌスの口が広がっていく。雁エラが括約筋《かつやくきん》の門をこじ開けてくぐり抜けると、あとは比較的スムーズに幹の根本まで嵌まった。

「うぐぐ……ほ、ほんとに入っちゃったんですね、新一くんのオチ×チンが、お尻の穴にぃ……あぁ、あうぅ」

「ええ、根本までずっぽりと……。動いても大丈夫そうですか？」

「はい、思ったよりも苦しくないですし……お、お願いします……あっ、んんんっ」

新一は緩やかな抽送を始める。

とにかく肛門の締めつけが素晴らしかった。アルコールで括約筋が緩んでいても、その圧迫感は、甘美極まる愉悦をペニスにもたらしてくれた。

締めつけてくるのは肛門のみで、直腸の壁との摩擦感はなんとも儚いものだったが、それでも新一はみるみる性感を募らせていく。分厚いゴムのような感触で雁首がくびられれば、裏筋は引き攣り、たちまち先走り汁が鈴口から滲み出した。

（媚薬ゼリーのおかげで、僕のチ×ポもムズムズしてるし……ああ、たまらないっ）

一方、亜美の方も、初めての肛交にもかかわらず、早くもその快感に目覚めつつあるみたいだった。ペニスを根本まで差し込まれても、もはや異物感はほとんど感じないよう。そしてズルズルッと引き抜かれる瞬間には、背筋や首筋、肩甲骨まで鳥肌が立つような、妖しくも強烈な愉悦が駆け抜けるのだとか。

「あううーっ、おぉ、お尻の穴がこんなに気持ちいいなんて……ひいっ、ふっ、ふううっ、し、信じられないです……！」

亜美のアヌスにも、潤滑ゼリーの媚薬成分が効いている。だが、仮に新一のペニスが巨根のままだったら、こうはいかなかっただろう。

肛門へ挿入できるように訓練するだけでも、相当な時間がかかったに違いない。アナルセックスにおいては、むしろ新一の今の勃起サイズの方が適していたのだ。

スムーズな抽送で性感を高めていった新一は、あっけなく臨界に達してしまう。

「すみません、いったん、で、出ちゃう……う、うぐうぅ!!」

亜美の直腸に、勢いよくザーメン浣腸を決めた。魂が抜けてしまいそうな絶頂感の後、新一はしばしぐったりとして、肩で息をしたが、ペニスはまだ萎えなかった。

それは愛する女性の肛門を貫いているという、倒錯した興奮のせいかもしれない。あるいはたっぷり塗り込んだ媚薬ゼリーには、勃起を維持する効果も含まれているのかもしれない。

だが、それだけではないと、新一は確信していた。今、このチ×ポには、僕の亜美さんへの愛が詰まっている。だから一度や二度の射精じゃ縮んだりしないんだ！

新一は体位を変えて、ピストンを再開する。仰向けになって腰をくの字に曲げた、マングリ返しの体勢になってもらい、上から杭を打ち込むように肛穴を貫いた。

挿入を深くして、男の急所の雁首ではなく根本の方を使って、肛門の縁の裏側を擦り立てた。亜美は己の膝の裏を抱えたまま、亜麻色の髪を振り乱して悶え狂う。

「はひぃ、お尻の穴が、め、めくれちゃいますっ……うーっ、ううぅ、私、イッちゃいそうです、お尻で、イッ、クッ……ふぐぅぅ……！」

しかし、そう言ってからも亜美は、なかなか昇り詰めることができなかった。

やはり肛悦の味に目覚めたばかりの彼女には、アヌス感覚だけでオルガスムスに達するのは少々難しいようだ。

それならばと、新一は彼女の股ぐらに片手を持っていく。限界まで膨張し、秘唇からはみ出した剝き身のクリトリスに親指を当て、軽やかにプッシュを繰り返す。

アクメの領域に爪先が入っていた亜美は、女のスイッチを押されて、「ヒィンッ」と身体を打ち震わせた。そして次の瞬間、

「いいいっ……クゥ！　あぁあぁイクイクッ、イグううぅん!!」

顔を仰け反らせ、狂おしげに絶叫する。後ろの肉門はさらに力強く収縮し、新一はそこにすかさず雁首を擦りつけ、後を追うように自らも達した。

「おおおぅ、亜美さん、亜美さん、僕も……うっ、ンンンンッ!!」

脈動するペニスから多量の樹液を噴き出し、最後の一滴まで直腸内に注ぎ込む。

肛悦だけで彼女を昇天させられなかったが、今日のところはこれで良しとした。

亜美のアヌスの硬直が鎮まり、柔らかくなったペニスがずるりと抜け落ちると、新一は身を乗り出して彼女に口づけした。

亜美はうっとりと目を細める。

「うふぅん、新一くん……好きぃ……あむぅ、ぬちゅ」

キスによって亜美は、甘美な絶頂感をさらに深めるのだそうだ。

ただ、今現在でも、キスだけで彼女をイカせられるには至っていない。彼女との約束は、まだ果たされていなかった。

だが、焦《あせ》ることはないと、新一は思った。

新一と亜美、恋人たちの時間はまだ始まったばかり。

これから二人は幾多の季節を共にし、心と身体で愛し合い、たくさんの思い出を紡《つむ》いでいくのだから。


（了）

※本作品はフィクションです。作品内に登場する
団体、人物、地域等は実在のものとは関係ありません。

ひろわれたぼくの熟《う》れ肉《にく》ハーレム

〈書き下ろし長編官能小説〉

2023年10月17日初版第一刷発行

著者……………………………………………九坂久太郎

デザイン…………………………………………小林厚二

発行人……………………………………………後藤明信

発行所…………………………………………株式会社竹書房

〒102-0075 東京都千代田区三番町8-1

三番町東急ビル6F

email：info@takeshobo.co.jp

竹書房ホームページ http://www.takeshobo.co.jp

印刷所……………………………中央精版印刷株式会社